时间在左，尘缘在右

苏心 著

青岛出版社

QINGDAO PUBLISHING HOUSE

图书在版编目（ＣＩＰ）数据

时间在左，尘缘在右 / 苏心著. -- 青岛 ：青岛出
版社，2019.8
ISBN 978-7-5552-8227-3

Ⅰ．①时… Ⅱ．①苏… Ⅲ．①随笔－作品集－中国－
当代 Ⅳ．①I267.1

中国版本图书馆CIP数据核字(2019)第071824号

书　　　名	时间在左，尘缘在右
著　　　者	苏　心
出版发行	青岛出版社
社　　　址	青岛市海尔路182号（266061）
本社网址	http://www.qdpub.com
邮购电话	010-85787680-8015　13335059110
	0532-85814750（传真）　0532-68068026
责任编辑	郭东明
特约编辑	崔　悦
校　　　对	耿道川
装帧设计	蒋　晴
印　　　刷	三河市良远印务有限公司
出版日期	2019年8月第1版　2019年8月第1次印刷
开　　　本	32开（880mm×1230mm）
印　　　张	9.5
字　　　数	150千
书　　　号	ISBN 978-7-5552-8227-3
定　　　价	39.80元

编校印装质量、盗版监督服务电话　4006532017　0532-68068638
建议陈列类别：畅销·励志

CONTENTS
目 录

CONTENTS
目 录

你可以选择忍，也可以选择不忍

今天，我要说的是出轨，只是出轨。

01

前天中午，几名女同事在一起吃饭，趁势八卦起我所在的城市里一位有钱人 Y 的风流韵事。大家嘻嘻哈哈说得轻描淡写，我却听得满心愤懑。

这位有钱人的妻子是我同学的姐姐，我和她很熟。她高中时和 Y 是同班同学，高考两人双双落榜，据说是因为恋爱耽误了学习。

当时 Y 家里经济条件很差，女方的父母是不同意他们在一起的。可我同学的姐姐非 Y 不嫁，后来家里也就默认了。

婚后夫妻举案齐眉，齐心协力地把一个小饭馆经营成了有几家大酒店的集团。钱是有了，可是 Y 也变了。

十听春啼变莺舌，三嫌老丑换蛾眉。

Y的眼睛开始落在那些莺莺燕燕身上。等Y的妻子知道他出轨时，他在外面和别的女人都生了孩子了。

离吗？自己已四十有余，想要遇见爱情，概率简直是太小。那就忍吧。她的隐忍反而助长了Y的嚣张气焰。无论人前人后，Y都不避讳自己的那些风流韵事。他本身就小有名气，又这么高调，他的那些事自然成了很多人的谈资。

2017年，我和她们姐妹俩吃过一次饭，我问："姐，你就这么忍下去，受得了吗？"她带着咬牙切齿的笑对我说："妹妹，我离了正好称了他们的心，我熬了半辈子，不能把辛苦打下的江山拱手送人。不离婚我就是正牌夫人，她永远都是个小三。再说，我这么大年龄，离了婚又能怎样？"

她的笑里尽是寒意，一桌之隔，让我明显地感觉到了她的无奈和认命。

我低头不语，不知该如何安慰她。

02

在离婚这件事上，男女确实体现出了很大的不平等。离了婚的男人，只要条件好，就会特别抢手。而离了婚的女人大多会被贴上降价处理的标签，不管你愿意与否，这个事实一时很难改变。

所以每次当我收到"老公有了外遇"的倾诉时，我都会小心翼翼地答复。对一些年龄偏大的姐妹，我基本劝和。其实我并不赞成四十岁以后的女性困在一段婚姻里隐忍半生。

可现实是留给四十岁以上的女人的路真的好窄。这个年龄的女人离了婚，在人们的观念中，要么孤独终老，要么找个老伴儿，反正不配再拥有爱情。像伊能静、舒淇那样优秀的女人，在四十岁后能遇见那么完美的爱情，已属凤毛麟角。

其实她们有想爱谁就爱谁的权利，有想离开谁就离开谁的能力。她们的婚姻状态是无数女人梦寐以求的。可现实生活中，更多的女人在婚姻里是疲惫、隐忍的。

记得前段时间我在网上找到 2016 年上映的电影《我不是潘金莲》看了一遍，对里面的一个桥段印象颇深：法院老院长和妻子的结婚纪念日，现任院长请他们夫妇吃饭，问他们婚姻长久的秘诀。老院长的老伴儿说，一个字——忍。老院长则说，不，是四个字——忍再忍。

显然，老院长夫妇的话诠释了大多数中国式婚姻的状态，字字珠玑。

03

但是如果收到年轻人诉说另一半出轨的留言时，我则会换另外一种态度。

我的一位读者在公众号给我留言："苏心姐，我今年二十八岁，结婚六年，我和老婆一直在争争吵吵。但即使这样我们也没有分开，到今年我发现她出轨了！

"刚开始我是希望她能回来的，就去哄她，可她还是没有和那人断掉。就在前天，他们竟然出去幽会，被我发现了。这次我自己都找不到理由来欺骗自己了！她这么伤害我，我是不是必须离婚了？"

我给他回复："很多中年人遇到这样的婚姻，大多选择隐忍，而你还年轻，有大把青春，可以选择忍，也可以选择不忍。"

不是吗？年轻随时有重新来过的资本，未来有无限种可能，不必非耗在一段没有了爱情和信任的婚姻里，一辈子憋屈到老。想想一眼望到边的荒芜，该是多么绝望啊！

我同事的姑姑在六十岁那年，毅然决然地和老伴儿离了婚。那个老头儿年轻时风流成性，同事的姑姑为孩子忍了一辈子。现在孩子们都有了自己的小家庭，同事的姑姑终于可以不用顾及孩子们的感受，为自己活几年了。

同事说，每次看到他姑姑这么大年纪形单影只的，他心里就发酸，姑姑还不如早些年离呢，说不定能找个情投意合的。

04

张惠妹曾唱过一首叫《趁早》的歌："如果你不想要，想退出要趁早，我没有非要一起到老……若有情太难了，想别恋要趁早。"

是呀，如果你非要出轨也请趁早，在我青春尚在的时候，在我有勇气离开的时候，在我有信心邂逅爱情的时候。

如果你非要出轨，不要等我人老珠黄了再跟我说不爱，让我在一场水深火热的婚姻中挣扎，留也不愿，走又不甘，进退两难。

当然，每个人都是一座孤岛，谁都无法摆渡谁。向我诉说的这些读者，无论我给出什么样的建议，最终的主意还是要他们自己拿。只有他们自己才是自己的摆渡人。

而我多么希望，不管是在哪个年龄，每个人都有转身的能力，离开任何人，你还是你，而且是更好的你。

爱你，认真且尽，从一而终

01

晚上老公从婆婆那儿回来，一脸郁闷。

我问他怎么了，他叹了口气说："我去看咱妈，她正在煮方便面吃，我说吃方便面对身体不好，她就和我急说就爱这口儿，结果我俩争执了几句，闹得都不开心。你说这事我错了吗？"

我哭笑不得："为这点事值得吗？又不是大是大非的问题，老人愿意吃就吃呗，偶尔吃一次没事的。这种小事你就随着她吧，一点无关紧要的小事，闹得两人都不愉快，真没必要。"

老公低着头沉思不语。

我心里偷笑：亲人之间哪有什么对错的标准呀？

02

2017 年母亲节，我去一家中老年服装专卖店给婆婆买衣服，里面有一男一女在激烈地争吵。

那个男的对着围观的群众说："大家给评评理，她给她妈买衣服买一千多的，给我妈买五百多的，你们说她是不是太过分了？"

哈，原来是夫妻吵架。

那女的也不甘示弱："你妈适合这件衣服，你非要看价格，这不是有病嘛！"

有人劝道："哎，这也不是啥大不了的事，老人不会在乎钱多钱少的，儿女们有心就行。"

两人还是不依不饶，非要让劝架的人给判个对错。

有人开玩笑说："这么点小事你俩吵得这么厉害，不会离婚吧？"

围观的人都笑了，那两口子对望了一眼，也讪讪地笑了。

气氛一下子缓和了，男的对女的说："行行行，我不和你争了，你爱买哪件就买哪件吧。"

生活中总有夫妻因为不值得的小事吵得天翻地覆，让外人给评评理，其实有什么理可评呢？

03

我搬家前的小区有一对老夫妻，和我住在同一个单元。

老两口都退休了，经常一起遛弯、一起买菜。据说那个老爷子之前是一个单位的一把手。老太太是位小学老师，人不错，就是爱训人，可能是有点职业病吧。

我在路上就遇到过，老太太边走边埋怨老头儿："你买菜都不还价，就你有钱是吧？！"

老头儿笑眯眯地解释："我都问过几个菜摊的价了，这家菜好，价格又便宜，怎么好再还价呢？菜农种菜也不容易。"

老太太继续唠叨，老头儿依然保持微笑。

小区里的人都管那老头儿叫"妻管严爷爷"，老头儿知道这个绰号后也不在意，哈哈大笑。

我搬家前不久，一天深夜有人切切地敲门。我睡得正香，蒙眬地醒了，老公也听到了，起身隔着猫眼儿看到"妻管严爷爷"站在门口，一脸焦急。

老公赶紧开了门让他进来。老爷子不好意思地说："我老伴儿忽然发高烧，给她吃了退烧药也不行，能不能让苏心过去给打下退烧针？年纪大了，这些东西平时都备着呢。"

老人知道我之前当过医生，估计在万般无奈之下才想起我。我到了他家给老太太打完针，老爷子千恩万谢地把我送出门。

第二天一早，"妻管严爷爷"给我拿了一份早点来，说老太太昨晚很快就退了烧，已经没事了。他出去买早点，知道我没睡好，就多买了一份，让我们多睡会儿。

我笑着说："叔叔，您脾气这么好，阿姨可真有福气。"

老人家也笑了："你是说我'妻管严'吧？其实根本不是那么回事。

我家老伴儿除了爱唠叨点，人特别好。前些年我忙得顾不上家，她自己照顾老人和孩子，从来没有一句怨言。她平时很会过日子，我要是浪费了，她就会像批评学生那样批评我，我才不会计较呢。闺女，记住，和重要的人别计较不重要的事。"

刹那间，我觉得这位叔叔就像一位伟大的哲人，在我眼里的形象突然变得高大无比。

我想起看过的一句话："爱你，认真且灰，从一而终。"

04

教育家傅斯年的母亲晚年时身材较胖，患有高血压，医生嘱咐不让她吃肥肉，但老太太就爱吃这口儿。

傅斯年的妻子为照顾婆婆的身体，不敢给她吃肥肉，几次惹怒老太太。傅斯年偷偷对妻子说："以后你给母亲少吃点儿肥肉好了，高兴比饮食重要得多，让她吃少许，不比惹她生气好吗？"

是呀，亲人、爱人、朋友，无须讲那么多道理，懂得让步比所谓的"正确"更重要。

一些人，走着走着就散了；一些人，聊着聊着就不见了。时间会帮你过滤掉不重要的人，留在你身边的都是重要的人。

不因鸡毛蒜皮的小事争执，因为没有价值；不和重要的人较真，因为会伤和气。

这世上没有谁比谁傻，有人为你认灰，有人为你隐忍，只是因为情浅与情深不同。

　　你是我最爱的人，是我生命中最重要的人，我要珍惜和你在一起的每一天，才不去和你争什么对错高低。无论怎么争，谁也不会赢，就算赢了道理，却伤了我们的感情，又有什么意思？

　　那些小事无关紧要，你说对的就是对的，你说错的就是错的。

　　哪怕全世界都背叛了你，我也会背叛全世界，和你站在一起。

好的爱情，情相悦，身相许

前几天朋友圈里一组长图很火，内容是：一位左先生及一位右先生对待爱情的不同态度。前者似乎只在嘴上，后者更多的是在行动上。

于是大家纷纷表态："你可以和左先生谈恋爱，但一定要嫁给右先生。"

有人还来问我怎么看。

好吧，我先讲两个故事。

十年前，我的闺密伊妹结婚。

伊妹是有名的美女，自身条件也好。她和一位高中同学恋爱，暂且称他为左先生吧。这位左先生没有上过大学，在一家私企打工，或许是经济状况窘迫，他很少给伊妹花钱。他们谈了好多年恋爱，也没有得到伊妹的父母的祝福。

有一位在政府机关上班的小伙子，就叫他右先生吧，才华横溢、一表人才，只要是伊妹喜欢的，他都会想办法买来。伊妹的父母非常喜欢他，认为女儿嫁给他一定会幸福。

伊妹对这位右先生也不讨厌，只是很难上升到爱的层次，她一直在左先生和右先生之间难以取舍。经过几番细思量，加上她的父母强烈支持，最终伊妹选择了右先生。

这也是众人心目中的完美组合，才子佳人，就像王子娶了公主，从此过上了幸福的生活。

然而完全不是这样。

02

洞房花烛夜，因身体的排斥，伊妹才知道自己嫁错了人，她根本不爱他。可婚姻不是儿戏，不能今天结明天离吧，她就忍了下来。

十年来，每一次和他上床伊妹都有一种被强迫的感觉。不爱一个人，纵使他对你千好万好，你的身体也不会有任何反应。

她曾经向我哭诉：原来选了不爱的人，自己不知道，身体最懂得。她不是不想和他好好地过，只是身体无法爱上他。

他们的夫妻关系早已是貌合神离，没有一点默契，不过是为了孩子和面子将就罢了。当初风情万种的伊妹饱尝围城的风霜，已像个木乃伊，每天脸上都是一副木然的表情，很少有笑容。

当初很爱伊妹的右先生，也在十年的烟火中耗尽了他的好脾气，经常夜不归宿，一言不合就与伊妹大吵。

那位左先生当年负气远走他乡，从此再无音信。伊妹生活在悔恨和思念中，难以放弃，不能离开。

其实最好的爱情不在于外表看起来非常般配，而在于它能让你重返最好的时光，像天地之初那样，感受最新鲜的快乐。它能引得你身体里的每一个细胞跳跃，每一个灵魂因子产生共鸣。它能让每一次缠绵带给你心的悸动。心相牵，情相悦，身相许。

03

上中学时我有一个学姐 W，比我高两届。她很酷，走路带风，长得也很美，就是瘦。

她是我同桌的表姐，我们是在她来我们班给她表妹送东西时认识的。后来我听说 W 嫁给了她父亲的一位下属，两个人也是郎才女貌。

再次注意到 W 的消息，是几年前她老公来我们单位办事，真是帅得不要不要的，我只看了一眼就犯了花痴。我们一起吃饭时说起，我才知道他是 W 的老公。

晚上我和同桌在 QQ 上聊天，说起她的表姐夫，我一通猛夸，想不到她发来一个难过的表情，她说："其实他们闹离婚已经好长时间了，我表姐这人就是作，这么好的男人，要事业有事业，要外表有外表，她非要离婚，要嫁给一个大她八岁、开饭店的老板。那饭店老板长得土里土气的，不知她看上他哪儿了，真是邪门。"

折腾了近两年，W 还真离了婚，嫁给了那个饭店老板。

这些年我一直怀着一颗八卦的心打听 W 的境况，我总觉得这段婚姻不会长久。出乎我意料的是，人家生活得特别好，饭店经营成了餐饮集团，以前瘦弱的她变得珠圆玉润，一看就知道她是被婚姻滋养着，而不是被消耗的。

我同桌说："表姐当年遇上现在的表姐夫简直就是一遇情郎误终身，想的、念的全是他，着了魔一般。"

开始 W 的前夫不同意离婚，她就起诉，等分居时间够了，法院判了离婚。在等待的那段时间里，无论前夫对她多好，她都不想让他碰一下。她说，爱不爱身体最明了，她还年轻，不想苦熬。

如今的 W 已再婚七年，并没有什么七年之痒，她和现在的老公恩爱如常。或许这就是最好的婚姻吧：灵魂上相知，情感上依赖，床榻上和谐。

04

前几天有人在公众号后台问我："苏心姐，我老婆一年多不让我碰她，还和我分床睡，她是不是不爱我了？"我回复："没错，毫无疑问她就是不爱你了。"

是的。爱不爱一个人身体最清楚。真爱一个人的话，想到他时，你会怦然心动；没有他的消息时，你会焦灼不安；听到他的声音时，你会欣喜若狂；和他单独在一起时，你会有与他同床共枕的欲望。

嫁给左先生还是右先生，答案并不唯一，问问身体才明了。

右先生再好，他不让你心跳加速，不让你面若桃花，不让你渴望与他缠绵，那也是错的。因为你们之间没有爱情。

一场没有爱情的婚姻，心会是冷的，床会是冷的，厨房会是冷的，家里到处都是冷的，你的生活也会缺少温度。

你的心跳在哪儿，身体的悸动在哪儿，爱的燃烧在哪儿，你就去哪儿。惊觉相思不露，原来只因入骨，情不知所起，一往而深，那便是爱情。

一生一世，嫁给爱情就对了。

与君初相识，犹如故人归

01

我和闺密叶子逛街时，走着走着，她忽然说："我遇上自己的灵魂伴侣了……"

我瞪大眼睛看着她，做吃惊状。

叶子白了我一眼："听我说，我们是在网络上认识的，有半年多了，彼此特别默契，无话不说。你能懂这种感情吗？我特别渴望去见见他，但是又怕破坏了那份美好。我想要一份天长地久的感情，你说我该怎么办？"

是呀，网络的发达让哪怕是天南地北的人，摇一摇、晃一晃，瞬间就能成为好友。未曾相见已倾心，待到相见便相爱。可是又有多少段感情，走到最后变成一地鸡毛？

02

前段时间有位叫艾丽的读者给我讲了她的故事。

一年前，她通过微信认识了一个已婚男人，对方是一位大学教授，谈吐不凡，特别有深度，两人越聊越投缘，有种相遇恨晚的感觉。

她说自己的老公文化程度低，更不思进取，每天除了上班就是玩游戏，要不就是和朋友们喝酒。艾丽求上进、爱看书、爱健身、爱美容，和老公的灵魂的距离早已相隔千万里。夫妻之间没有共同语言和爱好，只是因为孩子而凑合着过日子罢了。

遇到那位教授，她觉得遇到了另一个自己，两个灵魂那么相似，她有什么话不和老公说，都要和那位教授说。感情越聊越浓，两人渴望见到真实的对方，于是相约见面。

有了感情的底子，他们如干柴遇烈火般上了床。起初那份巨大的欢乐包围了他们，她说他给她带来了前所未有的灵与性的体验。双方都很享受这种感觉。

约会了几次，两人对对方越来越留恋，每次分开都如肝肠寸断。她下定决心要和教授在一起，没有和教授商量就和自己的老公闹起了离婚。

经过几个月的步步妥协，她终于净身出户离了婚，但她觉得因为爱情，一切都值得。

当她兴冲冲地把离婚证拿给教授看时，他一脸呆愣，然后退缩了。那次约会，他对她竟然没有了一点"性趣"。听她说完，教授默默吸了一支烟就走了。

她一遍遍给他打电话，问他愿不愿意离婚和她在一起。他吞吞吐吐，言外之意是保持情人关系可以，离婚不行。

她一次次哭，一次次吵，一次次闹。

教授开始玩失踪，拉黑了她的一切联系方式。她跑到他的学校闹，结果教授被校方停职在家反省。他恨死了她，发誓和她老死不相往来。

艾丽说，开始的美好变成了最后的一地灰烬，都是因为双方的不克制。如果让那份感情回到最初，她宁愿选择一辈子不靠近，换他一辈子不远离，做他一生一世的灵魂伴侣。

03
然而什么是灵魂伴侣呢？

美国小说家詹迪·尼尔森对灵魂伴侣有过这样的解释："遇见灵魂伴侣的感觉，就好像走进一座你曾经住过的房子里，你认识那些家具，认识墙上的画、架上的书、抽屉里的东西。如果这座房子让你陷入黑暗，你也仍然能够自如地四处行走。"

就像传说中的故事那样：很久很久以前，神在奥林匹斯山上造出了人，是一个圆形，众神觉得太丑，就把他劈为两半，一半为男，一半为女，让他们下山。

人要在茫茫人海中寻找另一半，遇上了便是一个圆满。但是这种概率非常低，可遇而不可求，完全凭借缥缈未知的命运赐予。

有人做过一个测试，在一座有八十万人的城市，遇见灵魂伴侣的概率大约是零点五三，甚至不到一。

灵魂伴侣与年龄、职业、身份都无关，只是两个相近灵魂的相互吸引。如果有一天有一个人出现了，你说的他都懂，你欲言又止的他也知道，你们甚至就像连体婴儿般，那么他就是你的灵魂伴侣了。

那种"与君初相识，犹如故人归"的感觉，妙不可言。

04

叶子问我："苏心，如果你遇到灵魂伴侣会怎么办？"

其实我何尝不希望这一生能够遇到这样的灵魂伴侣？因为我们的灵魂中总有一些空缺，哪怕枕边人也无法填补。

灵魂伴侣与爱情不同，只有对的人，没有不对的时间。

就像小S和蔡康永，就像何炅和李湘，他们是灵魂的伴侣、事业的伙伴、一生的知己。这样的感情，只有真正有智慧的男女才会拥有。他们一生都把彼此放在心里，却一生不越雷池。

当然也有灵魂伴侣能够在一起的，比如《北京遇上西雅图之不二情书》中的男主角和女主角，隔着万水千山，灵魂同频共振。对的时间遇见对的人，最终有缘人牵手漫步在伦敦的街头。

而这样的概率，简直比买彩票中大奖的概率还低。单是能够遇上灵魂伴侣就已经是莫大的运气了，更多的人一生都无法懂得这份欢欣。

朱自清说："想起喜欢的人，冬天也变得温暖。"

某个寒冷的日子，你倒上一杯热茶，心中想着那个人，发出会心一笑，心中满是缱绻的柔情。感激生命中有这样一个相守相随的灵魂，不是爱人，不是亲人，却有着胜似血脉相连的感情。

这份情如空山有人语，明月松间照，足以温润万丈红尘。

若遇见，唯珍惜，不求与他白头偕老，不求与他共度此生。

唯愿灵魂彼此守望，各自在看不到的岁月里熠熠生辉。

一次又一次爱上

01

去年冬天，文友琪琪来北京顺路来看我，郑重地对我说："姐，我想离婚，实在是过不下去了。"

我吃了一惊，忙问："为什么？你们不是大学同学，感情好得打都打不散吗？"

琪琪回答："我们十九岁认识，一见钟情，谈了七年恋爱才结的婚，想不到刚到第四年，彼此竟开始没有话说了。我们一开口就吵架，谁看谁都不顺眼，晚上睡到一张床上都没有一丝冲动。我和他商量，要不趁着没有孩子离婚吧，这样熬一辈子太痛苦了。他也没反对，说考虑几天。我们已经分居，他去宿舍住了。可是我心里好难受呀！"

我叹了一口气道："我觉得你们俩的问题不是用离婚就能解决的。你们的感情遇到了瓶颈，需要想办法突破，而不是放弃。"

琪琪沉默半晌，长舒一口气说："我再想想吧，太累了！"

2月14日那天，琪琪发朋友圈："世界上最幸福的事，就是和老公一起看电影。"下面的配图，是一束红彤彤的玫瑰花。

我发消息问："你在和谁看电影？"

琪琪回复："当然是我老公了。那次我对他提离婚，他意识到我们的婚姻出了问题，诚恳地向我道了歉，说要重新追我一次，他真的变得和从前一样了。姐，先不聊了，我要好好陪他看电影了，嘻嘻。"

我笑："果然一副处于美满婚姻中的样子。"

02

是呀，感情这东西就像流水，即使再美好，也不可能永远静止不动。这一路上我们努力地走，走不动的时候，要有停下来修复的能力。修复婚姻的同时也修复了自己。幸福的人不是遇到了最好的伴侣，而是珍惜了拥有的人。

其实这种情况是每一对夫妻间应该都有，当初恨不得天天腻在一起的两个人，经历了几年的围城洗礼，有的就看对方哪儿哪儿都不顺眼，只怪自己当初瞎了眼看错了人。

所谓的七年之痒，在我步入婚姻的第五年时就出现了。我们吵、闹、摔东西，甚至签了离婚协议。就在分开的那段时间里，我竟然心如刀割，想的、念的都是过往的美好。

后来我老公回来了，我们谈了几个小时，边说边哭，两双红肿的眼睛告诉彼此，我们都是对方无法割舍的人。我们不是没有感情了，只是都把眼睛盯在了对方的缺点上，才会彼此失望。

那一天，我们的心像被重新激活了一样，再次燃起爱的火焰。

接下来的那段日子，我们仿佛回到了热恋时期，有空就给对方打个电话。

有细心的同事说，我眼中柔情似水，一定是遇到了爱情。是的，我又遇到了爱情，再次爱上了我的老公。

其实长久的好婚姻，就是不断地爱上。

婚姻需要保养。修道，就是道场；不修道，就是战场。当婚姻出现了问题，不应该用简单粗暴的离婚去解决，那样感情生活会一直无解。

03

记得去年有一段时间，我和老公的感情有点糟。他每天早出晚归，有时甚至我睡了他才回来。我和他吵过几次："家都成宾馆了，你对这个家太不负责任了！"他怪我不理解他，不支持他的工作。

我每天也忙得像陀螺一样，上班、写字、做家务、照顾老人和孩子，一累心里就有气，他跟我说话我也懒得理他，家里的气氛很紧张。

一天老公组织几个家庭聚餐，都是多年的老友，其中只有明子是前年离婚又再婚的。我们热烈地说着青春里的那些事，明子的新妻显得和气氛不搭调，偶尔讪讪地搭上一句话。

我偷偷看明子，他一脸怅然。

明子和前妻吵吵闹闹好多年，不胜其烦，三年前离了婚。再婚不到一个月，明子就和我念叨："用离婚解决婚姻的疲倦期是最愚蠢的，拯救才是正确的打开方式，可惜我后悔也来不及了。"

几个女人正谈论皮肤话题，我老公忽然插话："我刚认识苏心那会儿，她的皮肤就像玉一样，穿着一身黑色衣服，衬得脸雪白，我一下子就着迷了。"

一桌子人哈哈大笑，我笑着笑着，眼里却有了泪。

那些青春的画面清晰地浮现在眼前：他骑单车带着我接送我上下班，我们一起吃一碗拉面、喝一瓶矿泉水，我们第一次牵手、第一次拥吻，我们初为人父母时的激动……往事一幕幕，一下子扑面而来。

04

吃完饭我俩溜达着回家。月光下我和老公的身影重叠在一起，我像从前那样去踩他的影子，听说踩住一个人的影子，他就会一生一世守着你。

老公拉着我的手，一脸宠溺地笑着，他一定想起了从前，我经常做这个游戏。

这个见证过我青春时代所有样子的男人，与我从激情到平淡，再次爱上对方，一次次重新燃起爱情的火焰。

是的，真正绝配的爱人不是天生的，都要靠磨合。你改一点，他改一点，一点点去靠近对方，最终两人成为默契的一对。

所谓的新鲜感，不是和未知的人一起去做同样的事，而是和已知的人一起去体验未知的人生。两个人朝着相同的方向努力，便是最好的婚姻。

他是我用整段青春去爱的人，爱他是我这辈子做的最奢华的事，我又怎会舍得轻易放弃？

你的过去，我一直参与；你的未来，我陪伴到底。

情若不尽，烈火烧过青草痕，看看，又是一年春风。

有条件的 "忍" 和转身的 "狠"

01

有时候不用见面，隔着屏幕，我便能感受到对方的焦灼与纠结。

比如我的公众号后台那些情感方面的留言，其中很多是男人出轨后，女人不知该何去何从的倾诉。

人传欢负情，我自未尝见。三更开门去，始知子夜变。

走，没有勇气，世界虽大，但不敢去外面看看，怕没有立足之处；留，又憋屈，忍着种种痛苦和不甘、不堪，与那个背叛了自己的人生活在一起。

上周，一位年轻的妈妈发来一段文字：

"苏心，你好！我一直在纠结是否要离婚。

结婚三年，儿子快两岁了，丈夫出轨半年多，执意要离婚，我没同意。坦白地说，一方面我想要男方家将新买的房屋的贷款还清，对我和孩子有个起码的保障；另一方面我还是欺骗自己，说不定有一天他会回头，孩子还能有个完整的家。毕竟我也是真心付出了，终是舍不得。

怀孕期间，我辞掉了工作，孩子周岁后，我重新回归职场。刚入行很辛苦，薪水也少得可怜，除去平时工作，更重要的是需要不断学习。我有些担心，担心自己没能力好好养大儿子，不论是经济上还是时间上，怕自己给不了儿子更好的条件，所以拖着不离。我内心痛苦，却没时间、没资格去痛苦，也不愿向朋友倾诉。我不知道该何去何从，你能帮帮我吗？"

说实在的，我不怕遇上这样的问题，只是怕我给出的建议，并不能很好地帮上她。感情的事，如人饮水，冷暖自知。

劝她离吗？她自己都没做好准备，带着孩子真正离开了那个家，万一难以生存怎么办？不离吧，男人又不愿再回头，她就像一个演独角戏的演员，对白都是自言自语，对手都是回忆，看不出什么结局。

对她来说，那段婚姻，每一天都是苦熬。

02

我有个亲戚，就是这样的情况。

几年前，她男人出了轨。那会儿她儿子刚上幼儿园，她在生孩子之前辞了工作，几年都没有上班。

她发现自己的男人出轨，简直像疯了一样，可是又想不到办法，就来找我。

我说："这种事你应该自己拿个主意，然后我帮你分析利弊。

毕竟你怎么想才最重要。你是想维护这个家、这段婚姻呢，还是想和他离了？然后离了的话，你怎么生存？离了后双方的财产、孩子的抚养权怎么分？"

她恨恨地说："我什么都不要，只要孩子，才不让他看低我。"我叹了一口气，说："你连份工作都没有，不要钱，你想带着孩子喝西北风吗？"

她茫然地看着窗外："我再想想。"

过了大约有一个月，她给我打来电话，说她男人答应和那个女的断了，她为了孩子，愿意继续和他好好过日子。

我以为这事就这么尘埃落定了，想不到过了十多天，她又打来电话嚷："气死我了，他和那个女的根本没有断，我偷偷打印了他的电话记录，他俩天天通电话！"

我问："那你想好怎么办了吗？"

她沉默了半天，嗫嚅道："嗯，我再想想。"

就这样，她想了好多次也没想出个结果。再后来，我一看到她打来的电话就头大，有时干脆拒接，回复一句"正在开会"。

春秋几度，她依然没想好怎么办，依然没有出来工作，却把自己整成了一个怨气深重的女人。她男人经常不回家，孩子也躲去姥姥家住。认识她的人都怕见到她，她反反复复就那几句话，简直就是现代版的祥林嫂。

2017年冬天，我在小区旁的体育场慢跑，她正好从那儿路过，拉着我还是说她老公和那个女人，还是那些事，还是没想好该怎么办。

因为我是出来锻炼的，所以穿得很单薄。那天又特别冷，我俩站在空旷的操场上，不到十分钟我就被冻僵了。她拉着我一直说、一直说，我脑子里只剩下了一个"冷"字，根本听不进一句话。

可怜的我不好意思离开，也不好意思打断她，一直冻了近一个小时，回到家就感冒了。

03

关于出轨这个问题，我写过几次了，能给的意见就是——要么忍，要么狠。

当然，忍是有前提条件的，那个人必须配合，他要把那段历史一键删除，彻底断交，真心与你重新开始。这是两个人的事，一方肯回头，一方往事不再提，让明天好好继续。

我有个同学，发现老公出轨后，没有哭没有闹，与他彻夜长谈，探讨两人未来的走向。他选择回头，愿意用余生来补偿对她的亏欠。而她也选择了原谅，绝口不再提此事。

那件事之后，两人的感情似乎升华了，百般恩爱。

懂得悔改的男人，遇上宽容大度的女人，依然能过上好日子。

再一个就是狠，狠心放下过往，鼓起与生活搏斗的勇气，再苦再难也不回头，让自己凤凰涅槃，重新开始。

一个人的时候要学会爱自己，把自己当成情人般宠爱。你要等，最好的那个人一定如同晚会上的压轴表演嘉宾，最后出场。

如果有人再次走进你的生活，能让你忘掉过往，那么记得不要因为受过伤，就"情不敢至深，恐大梦一场"。你要依然相信爱情，才会拥有爱情。

海子说，一切都是种子，只有经过埋葬，才有生机。我觉得也适用于此。

有条件的"忍"和转身的"狠"，都具有建设性。

就怕那种毫无感情的婚姻，没有能力改变，也没有勇气离开，一直抱怨下去，成了人人讨厌的怨妇。这种感情是具有毁灭性的，毁灭的是自己的人生。

如果爱，请深爱；如果不爱，就转身离开。

亲爱的，经历了那么多苦难，你应该变得更加勇敢。你的未来，都在你自己的行动里。

只要你愿意抬头，生活依旧艳阳满天。你要让阳光照进你的内心深处，把那些阴影驱走。你配得上更好的生活、更好的爱。

用我的好友谢小姐的话说："无论是选择留下还是离开，都要让自己——幸福。"

此身非我有

上周同学约我吃饭，说她的朋友可儿关注我很久了，特别喜欢我的文字，想约我。我推掉了，让对方加我的微信。

我实在太忙，上班、写文、打理公众号、照顾孩子和老人，每天都恨不得把时间掰开使用，根本没有出去吃饭的时间。

后来可儿加了我，断断续续地和我讲述了她的故事。

六年前，刚刚离婚的可儿通过闺密认识了闺密的老公 R。她经常在他们家玩，和他们关系很好。去年可儿的闺密出轨，两口子闹离婚，就让她帮着带孩子。再后来，她的闺密离婚走了，R 就和她走到了一起，孩子和可儿也熟了，非常依恋她。

可儿之前受过伤害，以为这个男人离了婚，正好与她同病相怜，两个人可以就这样相扶相携地走下去。她在他们爷儿俩身上倾注了太多的爱，没有一点提防。而这个男人并不爱她，只是将她当成在刚离婚的那段灰蒙蒙的日子里，找的一个临时的心理安慰。

所有的感情，就怕如此，一个深爱、一个不爱，最后的结果大多是多情总被无情恼，全是伤害。

可儿和 R 也不例外，他们在一起不到一年，R 就在外面有了新欢，带着孩子离开了他和可儿的家。

可儿仿佛一下子坠入了黑洞，得了厌食症，整个人瘦得不成样子。她说她知道一切都结束了，可自己就是放不下。

朋友们都为她着急，苦口婆心地劝她，可她让自己沉浸在过往里不想出来，谁也没有办法劝动她。可儿也知道 R 根本不爱她，也不会再回头，但她还是抱着一丝侥幸心理，期盼他有一天回心转意。

她的心情，我懂。

在深深爱着的时候，突然被分手，那种感觉简直就是此身非我有，落魄失魂，难以控制自己的情绪。

02

电影《从你的全世界路过》猪头被分手后，追着出租车边跑边喊"燕子，没有你，我可怎么活"，看到这里时，我泪如雨下。

每一个全力爱过的人都知道，那份痛有多深。电影中的猪头一直没有从那份感情中走出，跟随燕子的脚步，在世界的各个地方做小生意，守护着曾经的爱人。

作家李月亮说过一句话："好的婚姻让人灿烂，坏的婚姻让人腐烂。"真是如此。

可儿和猪头一样，明显就是在一段错误的恋情里陷得太深，整个人像一株腐烂的植物，活得毫无生气，正如我一个同学闹离婚时的模样。

03

　　记得那个周末，我去商场，迎面遇上高中同学Z。那时她老公出轨，小三挺着大肚子找上门来，她死咬着不离婚，坚决不成全他们。可她自己活得苦大仇深，头发毛毛糙糙的，脸上毫无生气，眼里闪着漠然的光。Z和我打了个招呼便急匆匆地走了，估计是怕我问起她的近况。

　　望着她的背影，我轻轻叹了一口气，曾经她是那么爱说、爱笑，现在整个人就像一株遭遇风霜的植物，枯萎了一般。

　　一年多后，我又在商场遇见了Z。这次是手拉手的两个人，我之前已经听说了她离婚然后再婚的消息，所以看到她和一个男人在一起并不奇怪。她热情地和我打招呼，笑着介绍她的新爱人，眼里闪着只有热恋时才有的光芒。那一刻，她的样子美极了，浑身散发着春光春色，整个人看上去风情万种。

　　绝望之虚妄，正如希望。当你对一份恋情攒够失望的时候，就转身离开，开始新的生活吧。前任已是过去式，只有当下和未来才应该珍惜。

04

　　前几天，我又把《甄嬛传》翻出来看了一遍，看到甄嬛与果郡王在凌云峰的一段场景。

　　两人聊起宫中的一些事，说到皇上时，甄嬛冷冷地说："兔死狗烹，是皇上惯用的权术。"果郡王笑："今时今日你提起他，就像是提起一个无关紧要的人。"甄嬛道："本来就是一个无关紧要的人。"

彼时甄嬛与果郡王正是两情燕好之时，言语间都是满满的柔情蜜意。她已经放下了曾经爱过的皇上，心里只有眼前的心上人了。

是的，放下前任，要么需要时间，要么需要新欢。而一段不值得的感情，一定不要让它浪费太多时间。你消沉得越久，你的人生就灰暗得越久。你的人生，终究需要自己来负责。

05

被人抛弃的感觉，的确痛彻心扉，苦不堪言，可那又怎样？他在和你说再见的时候，你们就已经是路人了。人家在那儿你侬我侬、海誓山盟，你还在这儿哭天抢地、频频回首。任你泪流成海、拍断栏杆，也无人回头、无人心疼了。

知道吗？你死不放手的样子，真的很丑。

虽然我们不过是凡世俗人，很难接受爱情的无常，但为了利己，也要学会放下呀。眼睛不应该用来为伤害你的人哭泣，而应该用来寻找那个珍惜你的人。

错过的就是错误的，只有抛开错误的，正确的那个人才会来到你面前。

亲爱的，一直往前走吧，不要再期期艾艾，懂得相爱，也要懂得离开。

你喜欢的一切，包括那个真正的爱人，都在春暖花开的地方等你。

享受生命之美、生活之雅

01

多年前，我读金庸先生写的《射雕英雄传》，看到古怪刁钻的黄蓉和不爱说笑的郭靖终成眷属，觉得他们好般配呀。

英雄美女自古就是人们属意的完美组合。而且黄蓉是那部小说里面我最喜欢的女子，美倒在其次，主要是有趣。

我一直觉得黄蓉和郭靖在一起，会是神仙眷侣般的生活。直至一个周末，我在商场里遇到一个几年未见的高中同学，才想到，郭靖并不会让黄蓉幸福一生。

我的那个同学当初就是一个古怪精灵的小女孩，特别有意思，和她在一起，你只负责笑就行。她是超级厉害的"段子"手和巧手专家，能用一把野花，使满屋生香；能让一个地下室，散发出五星级宾馆的味道。

后来她谈恋爱了，男朋友是一个又帅又酷的男人，像个杀手一样，脸上永远一副冷冷的表情。你都乐翻天了，在他脸上也看不到一丝浅浅的笑意。

是的，年轻时我最迷恋这一款的男人，觉得他们有着深如海的灵魂、蓝天般的情怀，你可以用一辈子的时光，去挖掘那里面精彩的内容。而那些贫嘴、爱笑的男人，则很难入我的眼，我认为他们好苍白，一眼就能望到底。

然而我终究错了。

那日在商场里，我看到睽违已久的同学，一张毫无表情的脸，一双宝玉嘴里说的死鱼眼，神情简直和她老公一模一样。难道这就是传说中的夫妻相吗？

我们俩聊了很久，说着这些年各自的境遇。

她是很会讲笑话，可她老公从来不笑，讲着讲着她就不想讲了；她也很有情趣，喜欢做各种小吃，喜欢冷不丁地就给家里换个花样，可老公不但没觉得惊喜，有时还会说她瞎折腾。

时间久了，她也没有折腾的心思了，和老公慢慢同质化，生活变成了设定般的计算机程序——生儿育女过日子，上班挣钱养老人，甚至夫妻生活都有固定的时间，且做前无前戏，做后无缠绵，真是了无生趣。

其实很早以前，我就不再喜欢那种看起来酷酷的男人了，那样的男人大多对灵魂不感兴趣。他们更多的是关心硬性指标，如财富的数字、职务的高低、名气的大小。

其实，一个男人无论多英俊、多有才、多有钱，如果对灵性不感兴趣，他也只是个无趣的人。

02

人生就是这样，一个时期有一个时期的考量标准。青春时光里，我那么计较那张外在的皮囊，等到经历了世事的风霜，我终于懂得，一个有趣的灵魂是多么可贵。

就像我的邻居张叔，他从年轻时起就是一个特别幽默的人，只要他在家，各个角落都是笑声。他的周末，要么是在家里鼓捣各种吃食，把老婆孩子哄得高高兴兴的，要么就带着全家去郊外玩，来一次郊游、一顿野炊，把一个个简单的日子玩出种种花样。

年龄大了，孩子们在外面打拼，老两口仍能将黯淡的晚年时光过得有滋有味、活色生香。

那天我下班回家，张叔老两口正坐在小区花园里的长凳上唠嗑。看到我，张叔问："苏心这件风衣好看，在哪儿买的？回头我给你阿姨也买一件去。"阿姨笑着嗔怪："你想把我打扮成老妖精呀，那是年轻人穿的衣服。"张叔一本正经地说："年轻怎么啦？年轻有你好看吗？"

我和阿姨哈哈大笑，阿姨的笑里，有娇羞、有满足、有幸福。

那一刻，张叔在我眼里比任何"小鲜肉"都性感、帅气。

是呀，随着岁月的增长，人生可以攀缘的东西会越来越少，那些曾是里程碑式的东西如知识、财富、名声、职务等，在岁月里会渐渐失去吸引力，可以支撑生命从少年到白首的，只有有趣。

生活会用一点一滴的平淡，消磨掉你的热情，唯有有趣，能让你与强悍的现实打个平手。

03

香港作家林燕妮曾经说："金庸笔下的女人，我最喜欢的便是黄蓉，她是个十分有趣的人，男人娶她一辈子不会闷。到底'情深一片'是什么东西呢？日日夜夜相对，也得有点生活情趣才成。"

当多年以后，我再读《神雕侠侣》时，里面的郭靖、黄蓉人至中年，黄蓉身上已经很难找到当年那个古灵精怪的影子了。

她和郭靖的三个孩子，里面最有灵气的郭襄，也并不及当年黄蓉的十分之一。另外两个孩子身上，更是看不出有什么特别之处。

星星点点的痕迹，都能看出婚后的黄蓉，已然和庸常的妇人并无太多分别，估计她的那些情调，被不解风情的郭靖消耗得所剩无几了。

固然郭靖在金庸先生的笔下是侠之大者、为国为民的英雄，但单就为人夫来说，他难免有些呆板无趣，很难让一生的婚姻保持勃勃生机。

而婚姻说到底就是一场对手戏，如果一人轻歌曼舞，一人置若罔闻，你在戏中，他在戏外，两人永远都不在一个频道上，又怎么能演好？

而我们只有和一个有血有肉有温度的人在一起，才能感知到生命的快乐。有趣的男人就是这样一味春药，他能让你的每段时光里，都充满欢声笑语。

他对人的热爱，永远大于对物的热爱，懂得享受生命之美、生活之雅，能把一地鸡毛的家常扎成一个漂亮的鸡毛掸子。哪怕爱的激情退去，他的微笑、他的幽默、他的温暖，也不会让你感到婚姻的疲惫和乏味。

枕上诗书闲处好，门前风景雨来佳。

好看的皮囊很多，有趣的灵魂太少，嫁给有趣的男人，才是一世良缘，有这样一个男人相伴一生，真是赚大了。

最好的爱情，不是雪中送炭，而是锦上添花

01

周末我看书看累了，就在电脑上又看了两集《甄嬛传》。

那个深爱着果郡王却被皇上纳入后宫的驸马女子宁嫔，在入宫之前曾经被果郡王救过一命，自此深深爱上了他。宁嫔为了这份爱，可谓倾尽了全力，哪怕知道果郡王最爱的人是甄嬛，她也爱屋及乌地去帮她。

但那只是她单方面的爱，果郡王心里只有甄嬛。

我并非质疑这份感情。真挚的感情，都值得尊重。

如果只是一份单恋，心里仰望着这样一个遥不可及的人，其实也很美。但如果非要一个结果，一定会很受伤。

02

我的同事小敏，这些天一直和我哭诉失恋的事，问我那个男人如果不爱她，为什么还一次次地帮她？

小敏是市场部的文员，去年我们公司开商务会，她负责给来宾播放新产品的PPT，竟然临时出了状况，怎么弄也不行，急得满头大汗。

正在这时，一位年轻的帅哥过来，三下五除二就帮她解决了问题。播放PPT的空隙，小敏偷偷看那位男士，他也正好在看她，两人会心一笑。或许就是从那一刻起，小敏就爱上了他。

后来小敏打听到那人是某公司的副总、董事长的儿子，也是未来的接班人。小敏千方百计要来他的联系方式，成了他的微信好友。

小敏经常找那位副总聊天，毕竟都是年轻人，两人很快就熟络了。他们偶尔也开一些粉色的玩笑，比如：小敏问，干吗呢？他会说，想你了。聊到另一半的样子，他就说以后找女朋友，要找小敏这么温柔可爱的。

有几次，小敏有事找他帮忙，他都痛痛快快没有一点推辞。

小敏陷入了自己编织的情网中，她觉得自己真是太幸运了，一不小心就钓了个金龟婿，结婚以后就可以不用辛辛苦苦上班赚钱了，一心一意做个全职太太就好，反正他家里有的是钱。

2月14日，小敏借着这个日子，大胆表达了对他的爱，却遭到了对方的断然拒绝。人家说压根儿没往这方面想，就把她当成普通朋友，他自己有女朋友，在国外读书呢。

小敏受不了这份"失恋"的打击，情绪一直很低落，她以为他就是自己的白马王子，怎奈却不过是自作多情。

她几次和我诉说，我都沉默，因为我怕说实话会伤了她的自尊。

俗世的感情，大多有现实的一面：般配。

爱情不是同情、帮助、索取，爱情是相互滋养、相互成就、相互拥有。他愿意帮你并不是出于爱，有时只是愿意展示自己聪明能干的一面。

如果两个人的世界没有高度重合，即便结了婚，也大多不会幸福。

03

我妈妈有个表妹，我叫她表姨，记得小时候，她经常来我们家串门。她丈夫是当年下乡的知识青年，来了村里被安排到他们家住。小伙子和他们全家相处得很好，闲暇时他还教表姨识字，二人相处甚欢。

如果他们的关系能够停止在这个时刻，估计又是一段"村里有个姑娘叫小芳"的美好回忆。而表姨的父母巴望着促成这段姻缘，想把女儿嫁给他。

在当时，前路漫漫不知途，那位知青哪里还考虑什么未来，只求当下这份温暖，就同意了这桩婚事。后来知青们都回城了，他却因为结婚生子不能再回去，只干上了一份教师的工作。

其间他也提出过离婚，想改变命运的走向，但都被表姨以死相逼给吓住了。

可两人的出身、成长、教育背景差异实在太大，根本难以沟通。夫妻间的聊天，只限于今天吃什么饭、买什么菜之类的家长里短，更多的时间，是男人在看书写字，女人在忙着做家务。

日子一天天寡淡无味地过下去，也就老成了老伴儿。

几年前母亲还在时，表姨和她说过几次："我这辈子说起来好听，找了一个有文化的男人，其实还不如找个和我般配的，还有点热乎气儿。我们家就像冰窟一样，他宁可对着一堆破纸烂书，也不愿和我多说一句话。"

我几次听得唏嘘。

04

是呀，这种不般配的婚姻，就像当年的鲁迅先生和妻子朱安。

朱安在无爱的婚姻里，轻叹了一生，她的命运，尽处是荒凉。

豫剧《风雨故园》中，暮年的朱安有一段伤感的唱词："只怪自己没文化，只怪自己考虑不周，他是一座高高的山，不是我能爬的矮墙头。今生已将终身误，来世我再也不把女人投！"

许多人都觉得，雪中送炭的爱情才伟大，在你脆弱绝望的时候，一个脚踏七彩祥云的英雄从天而降，解救了你所有的窘迫，是何等荡气回肠！

其实这样的爱情，实在算不上一段良缘。你们的世界重合度太少，你想的是晚餐吃什么，他想的是去看傍晚的落日。你们的灵魂总是难以在一个高度上，这样的相守相伴，又怎会快乐？

古今中外，那些情深意浓的伉俪，无一不是旗鼓相当、势均力敌，没有攀附、没有自卑、没有委曲求全，用各自的光芒照亮了对方。

千万不要相信什么我负责赚钱养家，你负责貌美如花。只建立在外貌上的竞争力太浅薄，最容易坍塌。

而情深意笃的夫妻都是战友关系，有共同的目标，并肩努力过，才有持久、深刻的感情。否则只是年轻过，伴一程而已。

最好的爱情，不是雪中送炭，而是锦上添花。

不是他很好，而是，他很好，我也不差。你们的世界是两个叠加的世界，更加宽广。你们像两株并肩守望的树，缠绵而不缠绕，独立而不孤立。

但凡最般配，必定各自精彩。

愿你遇到一个无须取悦的人，共度一生。

路的那头，是岁月白首

有个读者和我抱怨："我老公是那种木讷的人，从来没和我说过'我爱你'这三个字，苏心，你怎么看？"

我问她结婚多久了。

她说十年了，他们是经别人介绍认识的。她的家庭条件尚可，属于小康靠上的那种。老公虽然家里没什么钱，但工作不错，两人见过面之后感觉还好，交往了一年左右就结婚了。

十年了，她老公从没对她说过一句"我爱你"，两人就这么不温不火地过日子，也不吵不闹，可她总觉得哪里不对劲，却又说不上来，才来找我倾诉。

我想了想回答："或许你想多了，很多人就是这样，一辈子都不会说这句话，但并不代表没有爱。"

她似乎解开了心结，愉快地和我说再见。

其实凭直觉，我觉得他们夫妻间一定有某种问题，我不敢说实话，是因为怕给他们增添负面情绪。

一个人经常说"我爱你"，或许不一定是真的爱你；但从来没有说过"我爱你"，那一定是真不爱。

记得我之前看过一部电影，男主角是一位国民党军官，他真实的身份是中共地下党员。和他深深相爱的，是一位舞蹈老师。

因工作需要，男主角和一位国民党高官的女儿结了婚。他当然不爱她，只是日日敷衍着这段婚姻。这种事，根本瞒不过枕边人。

他妻子有一句话，让我一直印象深刻："我知道自己不是你心里的那个人，谢谢你陪着我，给我的好时光。"

是的，爱与不爱，很容易看清。

这个读者的话，莫名地就让我想到电影里的那一对夫妻。我想那位男主角一生也不会发自内心地对妻子说一句"我爱你"，因为，他心里只有那名舞蹈老师。心里真装着一个人时，即便说爱，也是言不由衷。

02

有人问过我："苏心姐，你觉得最美的情话是什么？"

在我心里，最美的情话有两句："我爱你"和"傻丫头"。

"我爱你"，代表的是他那一刻的真心真意；而"傻丫头"，代表的是他把你当成了自己呵护的人，你是他眼底的甜蜜、心底的柔软、胸口的朱砂。

而这两句话的含金量和年龄成正比。年轻时说，还是很容易的，年龄越大，说起来越难，含金量也越高。

几年前的一天，我去同学家玩。她家住在郊区自己建的一所房子里，有一个很大的院子，院子里有一棵枣树。正是花开时节，满院飘着淡淡的清香。

同学的奶奶坐在树下的藤椅上，看见我，她的脸上露出笑容。我笑着问候："奶奶好。"老太太并没有说话，只是一直傻笑。

疑惑间，同学的爷爷走过来，用手掸掉老太太身上的落花，温柔地对她说："丫头，这是咱们英子的同学，以前经常来咱们家玩，你还记得吗？"

老太太并无反应，我却吃了一惊，"丫头"这样的称呼，从这样年纪的人嘴里说出来，还那么自然，令我有点不知所措。

同学拉我进屋，和我讲了她爷爷奶奶的故事。

原来两位老人是曾经的新青年，都是大学生，他们相遇于青春最好的时光，然后相知、相爱、相守。这一生，他们经历了太多太多的磨难和坎坷，感情却如同陈年佳酿，越来越浓。

几年前老太太得了中风，继而小脑萎缩，只有半边身子有知觉，吃饭没人管就从不知道饥饱。

老爷子从那时起成了全职保姆，每天扶着老太太溜达、晒太阳、喂饭、伺候她大小便，没有表现出一点不耐烦。在老爷子眼里，老伴儿永远都是那个与他初相遇时的小女孩，从少年到白头，老爷子对老伴儿的称呼始终是"丫头"。

此情只应天上有，人间哪得几回闻？

如此唯美的爱情，我听得不由得泪流满面。尘世的爱情，执子之手容易，与子偕老太难，老了还相爱更难。

03

那日我听到林忆莲的歌："我怕来不及，我要抱着你……我怕时间太快，不够将你看仔细……我怕时间太慢，日夜担心失去你，恨不得一夜之间白头，永不分离。"

林忆莲在唱这首歌时，与李宗盛尚是伉俪情深，几年后，已是劳燕分飞。

是呀，爱情总是充满变数，多少曾经说着生死与共的恋人，早已各自天涯。

就像我与前男友相恋时，总以为会是一生一世，怎知转身两人就成了陌路。

再回首这份感情，我竟然想起，相恋六年，他从来没有对我说过一次"我爱你"。虽然我们早已是彼此生命中的路人，却难免会有遗憾，这让我如何拿往事风干下酒？

在一部电视剧中，男主和女主在床上一番缠绵缱绻后，男人深情地对女人说："我爱你。"女人看着他的眼睛问："是永远吗？"

男人回答得很客观："我不敢保证永远，但当下我是真心实意爱你。即便以后我们分手了，你也要相信，我此时此刻的这句'我爱你'是真的。"

诗酒趁年华，说爱趁当下。如果你爱一个人，就不要吝啬对他说"我爱你"。

哪怕以后你们天各一方，他想到你曾经说过的这句话，也会嘴角上扬，心中涌起无限的温柔。

可是亲爱的，我更希望那个说"我爱你"的人，一直牵着你的手，山一重，水一重，走过一生的路。

路的这头，是青丝如墨；路的那头，是岁月白首。

给孩子幸福的能力

01

有位读者一副生无可恋的样子和我说："我要和前夫复婚了，估计这一生就完了。"

我吃了一惊，忙问："既然这样，干吗还复婚呢？"

她说自己一年前离婚，和前夫有两个孩子，女儿跟了她，儿子跟了前夫。两人离婚的原因是前夫出轨，且死不悔改。他们吵过、闹过、哭过、摔过，最后还是离了。

可这一年她过得并不好，和女儿租房住，她的收入本来就不高，每月除去各种花销已所剩无几。平时在单位餐厅吃饭，超过五块钱的饭菜她都要考虑半天。

日子艰难，心情就不好，她难免拉着一张脸。小孩子很敏感，妈妈不高兴，女儿连说话都是小心翼翼的。妈妈心情好的时候，女儿就大着胆子说："妈妈，我好想爸爸和弟弟呀！"其实她何尝不想儿子，她也怀念一家四口曾经的快乐时光。

正在这时，前夫来找她，对她说自己一个大男人带着儿子过日子不容易，儿子整天哭哭啼啼地找妈妈，他想请求她复婚，保证以后不再犯错，好好爱她、爱孩子们。

其实她对前夫根本没有什么感情了，可是两个孩子这样让她特别难受。她说自己吃点苦没事，就怕孩子们过得不好。考虑再三，她决定为了孩子复婚，可心里又特别难受，想找个人诉说。

我沉默无言，她这样做似乎说不上不对，可我总觉得别扭。

是的，没有一个小孩子希望父母离婚，可两个不再相爱的人在一起，如果日日吵得鸡飞狗跳，就算不离婚，对孩子真的好吗？

02

上初中时，我有一个同学和我关系特别好，她爸爸就在我们学校当老师。那时学校给每位老师配了一间屋子，宿舍兼办公用。

一天中午，我同学说她爸爸那天没上班，让我和她一起去她爸爸那儿吃午饭，她带了红烧肉，热一下就好。我乐颠颠地去了。

我俩在她爸爸的办公室吃完饭，她好像要找一个什么东西。她拉开一个抽屉，看到满满一抽屉信，翻了翻，有些吃惊——这么多信，竟然是同一个人写给她爸爸的！

她问我可不可以打开看看，我俩觉得偷看人家的信不好，但又特别好奇：写那么多信的，到底是什么人？最后好奇心战胜了理智，我们打开了最上面的一封信一起看。

只看了几句，我就羞红了脸。

信是她爸爸的一位女同学写的，内容非常火辣，少儿不宜那种。我同学瞪着眼看着我，半天说不出话来。

我们无意间发现了她爸爸的婚外恋。她和我商量："你说这事我该不该告诉妈妈？她要是知道了，会不会和我爸爸离婚？"我赶紧摇头："千万别，离了婚你怎么办？要是谁都不要你，你怎么上学？"

那个中午，我俩用有限的人生智慧达成一个共识：就当不知道这回事，让她爸爸继续装下去，让她妈妈继续被蒙在鼓里，只要她有一个完整的家就行。

可怜我那位同学，整个初中都在胆战心惊中度过，总怕父母会离婚。她经常偷偷和我说她父母的情况，昨天又吵架了，爸爸提离婚妈妈不同意，诸如此类的话。

还好这么多年过去了，她父母已经年近古稀，一起坐在摇椅上，终于摇到老得出不了轨、离不了婚了。

而我的同学和我说过，她的父母吵了一辈子。每次她放学回到那个家，说话都小心翼翼的，生怕哪句话说错，会成为父母吵架的导火索。直到现在，她的内心都是阴影重重，她从来不敢大声说话、大声笑，毫无安全感。

是呀，世界上最好的家，就是爸爸爱妈妈。在一个充满爱的家庭里，孩子的性格才能阳光开朗、积极向上。

03

我的公众号后台经常收到很多读者的倾诉，夫妻间没有什么感情了，大多会因为孩子而不得不痛苦地继续生活在一起。

很多时候我觉得她们很伟大，而当我深层次地想这个问题时，我发现总拿孩子说事儿不离婚的，大多是因为离了婚，自己都很难过好这一生，更别说让孩子幸福了。所以她们就以孩子为由，将就了下去。

而那些让自己活得很好的女人，她们离婚后，孩子大抵不会受到什么影响。

演员贾静雯和前夫孙志浩当初也是闹得沸沸扬扬，终究离婚。后来他们各自遇到适合的伴侣后再婚，过得都很幸福。他们的女儿梧桐妹，不但没有缺失父母的爱，反而有了两位爸爸和两位妈妈，每一位爸爸妈妈都爱她。

我的闺密Q是一位非常优秀的大学老师，前夫和她在同一所学校任教，两人在婚姻走到尽头时平静地分了手。平时孩子跟着Q，周末就去她爸爸那里，和从前并无太多差别。我在朋友圈里经常见到Q晒自己和女儿的照片，娘儿俩一脸灿烂的表情。

我有时也隐隐为她担忧："你一个人又带孩子又上班，有没有后悔离婚？"

她说，离婚对孩子来说并不可怕，只要她不缺爱。前提是你自己要活好了，才能让孩子不迷航。

　　是呀，有些人在一段毫无感情的婚姻里，没有力量走开，也没有能力改变，天天吵得鸡飞狗跳，给孩子的心灵留下了无数阴影。

　　有些人壮士断腕，像壁虎断尾般把过往切割，让生命重新长出一片新绿。

　　不要再说为了孩子，就要将错误的婚姻进行到底。

　　其实你最应该做的，是让自己活好，无论离不离婚，都有给孩子幸福的能力。

最美的情话就是"我在"

我的闺密梅子离婚了。

梅子当年和她老公一见钟情,迅速坠入情网。两人卿卿我我谈了半年恋爱,就步入了婚姻的殿堂。

婚后梅子才发现,那个男人根本就是一个没有长大的孩子。他有一份体制内的工作,就无欲无求了。下了班回到家,他不是看电视,就是玩游戏。

每次梅子一说他,他还振振有词:"人要知足,不要活得像个怨妇,你看我,把简单的日子过得多快乐!"

梅子不愿和他争辩,反正也争论不出结果。结婚十多年,她能自己解决的事就尽量自己解决。

孩子小的时候,梅子如果有事就让老公看孩子,结果每次她回来就发现孩子不是磕着碰着了，就是尿了裤子一直没换。后来她宁愿请人看孩子，也不放心把孩子交给老公。

梅子在一家国企上班，工作非常努力，一路从一个小小的技术员，坐到了副总的位子上。

她老公却十几年如一日，几乎没有任何改变，还是单位里的一个小职员，还是一回到家就玩游戏。梅子却从一个娇滴滴的女孩，成功地活成了一个能抵挡四面八方的风险的女战士。

家里的大事小事都是梅子来做，连婆婆家的事都成了她的事。她老公还美其名曰：能力大，责任就得大。他根本看不透她背后的色厉内荏，总把她当成无所不能的女超人。

开始的时候，梅子还经常和我抱怨她老公，渐渐就不说了，我以为她是习惯了，或者她老公变好了，想不到竟然一下子听到她离婚的消息，我简直被这个小伙伴惊呆了。

我打电话给梅子，问她："为什么悄无声息地就离婚了？"

梅子唉了一声，和我说："哪个结婚这么多年的女人，愿意轻易离婚？可是我这婚姻实在是走不下去了。这些年他把我的付出看成是理所应当，身为父亲和丈夫，却一直没有进入角色。我的喜怒哀乐他毫无感觉，我的身心俱疲他视而不见，那种无助感不是无人陪伴，而是有个人就在你身旁，灵魂却与你完全不在一个频道上。"

没有哪个女人愿意把自己活成一支队伍，可不活成"女汉子"，家务谁来做，孩子谁来管，家里的大小事情谁来处理？

我半晌无语。

是呀，命运就像一场夜里的航行，婚姻的意义就是有一个人与你同行，相互依偎取暖。可当你需要他的时候，他却一直不在线。那种失望，我也曾深深体会过。

02

记得七年前的那个下午，我母亲被查出得了肺癌。听到这个消息的那一刻，我整个人都傻掉了。我的生活一直依赖妈妈，这个消息对我来说无异于晴天霹雳，震得我灵魂出窍。

我第一时间就想把这个消息告诉老公，希望听到一声安慰，让他替我分担一些内心的惊恐。彼时他正在离家百里的城市出差，我给他打电话，希望他能回来。他说自己正陪领导考察，特别忙，脱不开身。

放下电话，我号啕大哭，好似世界末日来临。

哭完了，我去幼儿园接女儿，一看到女儿，我就紧紧抱着她，和她说："宝宝，妈妈要没有妈妈了，怎么办呀？"女儿不知道发生了什么，使劲回抱着我说："妈妈不怕，还有宝宝呢。"

晚上照顾女儿洗漱完上床，我拿了一个本子，一遍又一遍地在上面写："老天，我好害怕，我该怎么办呀？"

那是我平生第一次直面巨大的恐惧，我不敢面对，却也无法逃掉。那种无助，我至今记忆犹新。

都说婚姻是女人的第二次投胎，女人选择的并不是一个男人，而是对未来的期许。可当你害怕时，你发现身边根本看不到他的身影；当你疲惫时，你发现并没有可以依靠的人；当你跌倒了，你发现，你的哭泣只有自己能够听到。

你只好慢慢爬起，一个人跌跌撞撞地走过那些暗路。在经历了无数次跌倒、爬起、哭泣又前行之后，你的内心已变得越来越强大，终于也可以一个人一条船地度一生了。

03

2017 年，何洁与老公赫子铭的离婚传闻曾闹得沸沸扬扬，何洁在微博中写道："隐忍，是对生活最大的尊重；奔波，因为母爱赋予我能量；不恼，我比想象中更加坚强。"

何洁在一档节目中说，她产后得了抑郁症，一度觉得自己什么都不是，就是个喂奶工具。那种无力感让人听着心疼，却也心生疑惑：她老公呢，在哪里？

有位作家评价赫子铭："这样的男人，看似人畜无害，其实会让他的伴侣更痛苦。"

是的，冰冻三尺非一日之寒。虽然没有小三，没有出轨，但该有的担当没有，该负的责任没负，总会有一根稻草把婚姻这匹骆驼压倒。

有人说，婚姻中最美的情话是"我养你"，而我认为，最美的情话就是两个字：我在。

亲爱的，嫁给你，我不奢求你养我，只求在我最脆弱的时候，你能看穿我内心的软弱不堪，给我一双有力的手、一个温暖的怀抱，告诉我：不怕，我会和你一起面对命运的刁难。

而我也会鼓起对生活的信心和勇气，在你凝视的目光中，一次次走进风雨。

世界有时很坏，还好你一直在。

尘世间的爱，是一日三餐，一年四季

01

在电视剧《人民的名义》里，省委副书记高育良和前妻吴老师，为了各自的利益，虽然离婚多年，但仍然在人前装作恩爱的模样。

但一些细节总会出卖他们。比如，有天晚上两人在阳台上的对话结束时，高说："回去睡吧，外面凉，走吧。"吴说："晚安。"高回："明天见。"

短短几句台词，就显示出他们分居的现状。其实他们的婚姻的真实情况是，两人早已离婚，只是为了各自的利益，生活在同一屋檐下。

婚姻中，总有些细节会暴露真实的感情状况。

我有一位男同事，娶的妻子是个富二代，结婚数年，两人仍甜蜜如初。夫妻二人郎才女貌，夫唱妇随，让人看着艳羡不已。

一次我去他们家玩，同事带我参观他们家的别墅。

他们家的装修没的说，富丽堂皇、雍容奢华，我却总感觉哪里不对劲。

后来走到厨房时，我发现他们家的厨具和餐桌几乎和新的一样，并不是擦拭过的那种洁净，而是没有用过的那种新。

我问："你们家不做饭吗？怎么搬家好几年了，厨房跟没用过似的？"

同事的脸上露出不自然的笑容："我应酬多，大多在外面吃，她也不会做饭，要么叫外卖，要么出去吃。"

怪不得，他们家没有一丝烟火气，屋顶下透出的是一种冰冷的气息，让人感觉不到婚姻的温度。

当时我就断定，他们两口子的感情并没有那么好，人前秀的幸福恩爱，更多的是一种表演。

2018年，他们两口子闹起了离婚。原来他们夫妻俩这些年早就是貌合神离了，在外面各玩各的，和同事的妻子好的那个男人已经离了婚，同事的妻子也断然提出了离婚。

大家对真相都很震惊，只有我一点都不感到意外。

因为透过那间外表奢华的厨房，我已经感受到了他们夫妻之间的温度。厨房是婚姻的道场，一个没有烟火气息的家里，缺少的是婚姻的修行。而所谓尘世间的爱，不就是与你一日三餐，一年四季吗？

02

记得结婚七年时，忘了什么原因，有一段时间，我和老公天天吵，两个人都觉得自己当初瞎了眼，看错了人，恨不得一时三刻就离开。

吵得筋疲力尽之际，我起草了一份离婚协议，他没有犹豫就签了字。

我一边收拾东西一边说："恭喜你解脱了，你不觉得我是世界上最差的女人吗？今后你再也不必日日和我痛苦地生活了，我也再不用出去吃饭时吃不饱了。这些年，因为你饭量大，我老是担心你吃不饱，弄得我每次都不敢吃。七年了，只要和你在外面吃饭，我一次都没吃饱过，我以后终于可以放开吃了。"

说到这儿，我哽咽着说不下去了，往事一幕幕扑面而来，美好而疼痛。

老公一把抱住我："媳妇，我错了，咱们不吵了，我才不会和你离婚呢，像你这么善良的女人，我去哪里能找得到？"

那一刻，我们就像港片《大内密探零零发》里的场景一般，夫妻俩吵架正酣，刘嘉玲突然抬头问周星驰："你饿不饿，我煮碗面给你吃啊？"

这一直是我认为最好的爱情，世俗而温暖——不是风花雪月，不是情意绵绵，不是如胶似漆，而是不管如何争吵、流泪，最后只要一碗面就可以化解。那种争吵，里面有种撕不断拉不开的柔软。

而没有经历烟火淬炼过的婚姻，就像没有共同战斗过的战友、没有协作过的同事，缺少感情的黏性和热气腾腾的底色。那种争吵，没有韧性，没有缓和的余地，一下就能把两人的关系从中间断然分开。

03

朋友 M 讲过一个"三年困难时期"发生的故事。

那几年连瓜菜都吃不饱，大人、孩子都饿得眼睛发蓝。一位邻居阿姨不知从哪儿得到了半碗米，她煮了一碗香喷喷的浓粥，等晚归的男人回家吃。男人回来了，女人骗他说自己已经喝过一碗，男人不信，把这碗粥推到女人面前让她吃。他知道媳妇身体弱。

女人舍不得吃，第二天早上将其热好了又给男人，男人一口没动，偷偷地将米粥留给女人当午餐……

就这样，一碗米粥推来推去，谁都舍不得吃，直至变了味。

可直到今天，两位年过古稀的老人每次说起这件事时，总是自信地说，因为有了那碗米粥垫底，他们渡过了那道难关，也因为有了那碗米粥，他们知道了什么叫爱情。

或许所谓的天荒地老就是这样吧，一茶一饭一粥一菜与一人相守一生，和那个爱的人在一起，一碗粥也能喝出玫瑰的气息。

等千帆过尽，看遍风景，你才会懂得，生活就是生起火来过日子，一地葱皮，一屋子热气，才是一个家最美的状态。

婚姻好不好，看看厨房就知道。

一日三餐里有多少辛苦，就有多少心意；有多少麻烦，就有多少甜蜜；有多少花样，就有多少爱恋。再多的情话，也抵不上有人下厨做羹汤，为你点燃缕缕温暖的人间烟火。

我们没能逃出情空欲海

《欢乐颂2》一开播，就是安迪和小包总在普吉岛游玩的情景。

安迪与奇点分手之后，一个人去度假，早已收买曲筱绡的包奕凡获得安迪的行程，前往普吉岛假装偶遇安迪，二人在岛上十分快乐地度过了一个春节。

虽然安迪嘴上拒绝小包总，但是通过一些细节就可以看出，她心里是接受的，与她之前对待奇点的态度大相径庭。

02

安迪在和奇点交往时，哪怕奇点的一次小小的肢体接触，她都会特别紧张，而和包奕凡共骑一辆摩托车，她也并不见一丝局促。

后来在包奕凡带她去他家的旧工厂时，安迪打完拳击，包奕凡为她摘下手套，给她揉手，安迪竟然一点都没觉得别扭，很享受包奕凡的体贴。

安迪去出差，包奕凡突然出现，在后面抱起她转圈，也没见她表现出不悦，反而带着一脸淡淡的惊喜。

而此时安迪并没有放下奇点，经常回想起和奇点的过往。她很困惑自己的感情，给老谭打电话问："我是不是放荡？明明还放不下奇点，却对包奕凡充满期待。"

其实是她自己不清楚，她对奇点最多就是喜欢和欣赏，根本不是爱情，对包奕凡才是。

安迪和奇点相遇于论坛，奇点逻辑缜密的言谈让她颇为震惊，未曾相识之际，她便对这个人有了好感。

后来两人在现实中认识，从未谈过恋爱的安迪甚至有了嫁给奇点的念头，只是两个人在一起时，她连手都不愿让他碰。

03

爱不爱一个人，身体最诚实。正如曲筱绡爱着赵医生时说的那样："我整个人从发丝到脚尖，都在叫嚣着，想要亲你想要抱你。"

如果一个人不能让你有这样的感觉，那么你们之间肯定不是爱情。

真正的爱情，是能够唤起身体每一个细胞的跳跃、每一个灵魂因子的共鸣、每一次缠绵的悸动。

我的闺密玲玲特别优秀，当年追她的男人无数，但迟迟不见她和谁在感情上有什么进展，大家都觉得她太挑剔，只有她说自己是没遇到那个让她来电的人。

一次她在旅行时邂逅了一个其貌不扬的小伙子，两个人迅速坠入情网，令人出乎意料。

有人问她，这次怎么这么快就陷进去了？

她一脸娇羞幸福的样子，说："我也不知道，反正从第一眼看到他就脸红心跳，觉得他就是我命中注定的那个人。和他在一起时，我的每一个细胞都是笑的；分开了，我就失魂落魄，像掉了魂一样，觉得做什么都没有意思。我从来没有过这样的感觉，或许别人觉得他并不优秀，但我的心知道我有多么爱他。"

如果你不确定自己是否爱一个人，身体一定会给出最直接的答案：见到那个人时，你会怦然心动；想到那个人时，你会嘴角上扬；看不到那个人时，你会黯然神伤，恨不得一时三刻朝他奔去。

04

王菲在《我愿意》中唱道：

> 思念是一种很玄的东西
> 如影随形，无声又无息出没在心底
> 转眼吞没我在寂寞里
> 我无力抗拒 特别是夜里

喔

想你到无法呼吸

是的，当爱情来了，你脑海里会满满的全是那个人，行也思君，坐也思君。

张爱玲在和胡兰成恋爱之初，送给他一张照片，背后写着："见了他，她变得很低很低，低到尘埃里，但她心里是欢喜的，从尘埃里开出花来。"

情至深处的人，容易矮化自己，但每一个细胞都是快乐的。

然而胡兰成终究负了她。因为去外地任职，他们分开后，胡兰成先是恋上十七岁的护士小周，后又搭上一个叫范秀美的女人。

张爱玲去范秀美那儿见过胡兰成回来之后，心就彻底凉了，她对他的感情慢慢冷了下去。

张爱玲和胡兰成最后一次见面是在上海的家里。胡兰成路过上海时回去住过一晚，屋里的气氛很僵硬，为了调节气氛，胡兰成轻轻打了张爱玲的手背一下，她竟然又惊又怒，大叫："啊！"

这声"啊"，把两人的关系一下子分割开来，再也不复从前。当夜两人分房而眠，并不是赌气，而是不爱了，身体的每一个细胞里都充满了冷漠。

第二天分开时，张爱玲伏在他的肩头低声饮泣，那不是留恋，而是对过往的告别。毕竟曾经深爱过，那些和他说过的情话、看到他时的欣喜、听到他时的悸动，都再也不见了。

身体最骗不了人，虽然还是那个人，但没有爱了，再看到他时便已心无涟漪。

05

《欢乐颂》原著中有一段安迪的自白："对奇点以各种不能作为拒绝理由，却在包奕凡面前各种开戒全部通过。所有的理智，全部被感官打败。"

是的，我们只是凡夫俗子，没能逃出情空欲海。如果你还不懂得什么是爱情，那一定就是还没有遇见爱情。

爱不爱一个人，不用问别人，身体最明了。

君生我未生

一个小群里有人发上来一段视频。我点开看，场景是街道一角，两个女人在痛打一个女人，旁边还有两个男人按住另外一个男人。

那个被打的女人被两个女人拽住头发，一顿掌掴。在她抬头的一刹那，我大吃一惊，这个女的我认识，是一所学校的老师，就在前不久还来我们这儿办过业务。

有人在群里发来语音解说，挨打的一男一女，两家住对门，一来一往中看对了眼，5 月 20 日这天，两人偷偷出来约会，怎知刚停下车，就被男人早已察觉的妻子抓了个现行。

这个尾随而来的妻子心机可谓深哪，竟找来婆婆帮忙，把这对偷情的男女从车里揪了出来。无论这婆媳俩平日关系如何，此刻站在了同一战线上，对这个破坏家庭和谐的"狐狸精"毫不留情。那耳光打得隔着屏幕都听得真真切切。开始婆媳俩还站着打，后来就将人按到了地上，偷情男的妻子骑在"狐狸精"的身上，就像鲁智深拳打镇关西那个姿势，拳头、巴掌雨点般落下。

旁边有人尖叫："天哪，太过分了！"

镜头中的那个偷情男人似并没有吃到多少苦头，只是从车里被拽下来时，被打了一拳，在"狐狸精"挨打的过程中，他被两个男人按住手臂，一直面无表情地看着这一幕，脸上并不曾有我想象的那种冲冠一怒为红颜的愤怒。

整个过程，他更像是个置身事外的看客，而不是当事者。他既不劝阻任何人，也不奋力挣扎。

我不由得用阴暗的心理想他：身边人此刻对他虽然有恨，但和他依然是一家人哪，那个"狐狸精"才是外人，这些人打她一顿出口气，事就过去了，可那个家还是他的呀。他只需保持沉默，就不会吃眼前亏。所以他选择了自保。

这一闹剧中，有人在下面评论，说女的活该，破坏人家的家庭；也有人说，一个巴掌拍不响，男女都不是好东西。

我却满心悲凉，为那个"狐狸精"感到悲哀。

抛开对错，她此刻显得那么无助，光天化日之下被人暴揍不说，还隐隐已经走光。坏事的传播速度最快，她的"事迹"，学校也一定知道了，她会不会被停职？会不会从此结束从教生涯？她该如何面对这个世界，面对自己的亲朋好友？只怕她穷其一生，也难以洗白这个污点了。

02

我的公众号后台经常收到出轨女人的倾诉，说和那个男人相爱有多深，却种种原因下不能在一起，痛苦万分，求我指点一下该何去何从。

每每遇到这样的诉说，我总是苦笑。我一点也不怀疑她此刻的真心，只是我更关心真相：那个男人真有这么爱你吗？还是只出于自己的臆想？

中国男人大多觉得在家里陪老婆吃饭，远远不如哥儿几个推杯换盏来得快活。于是很多女人处于婚后寂寞的状态，外面男人的一个小撩拨，都会让她们误以为遇到了爱而不得的人。

我有一个男同学是个标准的情种，虽然早就结婚了，却一直处于恋爱的状态，不断有新的艳遇。

他一直有给我"爆料"的冲动，总是忍不住向我炫耀他那些风流韵事，说自己魅力大，很少为她们花钱，却经常收到她们的礼物。

有一天我在路上走着，他看到我，在我身边停下车。他此刻穿着的衬衣，我上次在商场见过，我想给老公买，看了看价格还是没舍得。

我说："你这件衬衣是哪个莺莺燕燕送的吧？"他有点吃惊，问："你怎么知道？"我笑："你那么小气，怎舍得买这么贵的衣服？肯定是别人送的。"他得意地笑："是呢，这次遇到的这位只是个普通职员，出手却特别大方，看来是对我动真情了。"

我问："你会为了她和你老婆离婚吗？"他哈哈大笑："你怎么会有这么愚蠢的念头？我老婆虽然不是风情万种的女人，但绝对是个好妻子，这些年她对我、对这个家一直任劳任怨地付出，从无怨言。我绝不会为了谁和她离婚的，任何人都不足以让我和她离婚。虽然我们早已是左手摸右手的感觉，但如果左手受伤，我一样疼呀。"

03

那一刻，我看到了婚外情的真实面目。

就算他对自己的妻子并没有什么爱，但彼此还有恩呀。那些恩，是年年岁岁里的一粥一饭，是头疼脑热时的嘘寒问暖，是扛在肩头的责任和义务，有着坚不可摧的力量。

而没有责任的爱情，哪怕曾经是一程山盟一程海誓，终究不过只是一片云，风一吹就会散去。

这种关系一旦被发现了，男人也大多不会受太大伤害，说不定还会成为一段炫耀的谈资。然而无形的规则不会轻易放过女人：没错，你可以疯狂，可以为了爱情奋不顾身，但它总会有办法让你最后声名狼藉，为此付出沉重的代价。

如果那个男人口口声声说自己爱你有多深，你不妨让他去为你离个婚试试，我相信，他的表现应该会让你大失所望。

所以亲爱的，他要来拍你的院门，一定要在桃花盛开的春日，他未婚你未嫁之时，你才能牵起他的手，与他一路同行，否则只能是"君生我未生，我生君已老"的遗憾。

愿你们的遇见，永远清澈明亮，不见苟且。

谁不委屈

01

那日我看书，读到1934年某月某日的林徽因坐在北京的家中，托着腮，眼泪如雨点般落下，因为她的丈夫梁思成伤害了她，并且不肯道歉，赌气乘坐火车去了上海。我不由得微微吃惊：一身诗意千寻瀑的林美人，不是一生都被梁思成捧在手心里的吗？怎么她也有着普通妇人的烦恼和委屈？

之所以想到这个问题，是因为就在刚才，我和闺密佳佳聊天，她特别郁闷，觉得自己的婚姻走入了死胡同。

她说："我和老公每天除了一问一答的几句话，基本没有什么交流。我老公虽然是理工男，但婚前花前月下时，我们也有说不完的话，所以才走入了婚姻。可结婚十年，我们的交流竟然随着年龄增长迅速递减，真让人抓狂。我们的夫妻生活也像应付差事，再无当初的深情缱绻。"

佳佳很苦恼，自己才三十多岁，未来还很漫长，难道就这样温暾地过一辈子吗？

02

我的公众号后台天天都能收到很多倾诉，大多是对婚姻的种种抱怨。能回复的我都会尽力回复，但我知道，我的三言两语很难解决他们的婚姻的根本问题。

前几天一个叫阿伟的读者留言：

"我结婚七年，孩子五岁，我很想离婚，却因为孩子总是有点不忍。我和丈夫当年是冲破父母的阻挠走到一起的，婚后度过了一年多的甜蜜时光。孩子出生后，我不放心交给别人带，就自己在家全职带孩子。孩子两周岁时，我回单位上班了，岗位变动，压力陡增，可对孩子我不想亏欠，累也坚持着。

"谁知我妈妈又生病了三年，更是让我像陀螺一样，母亲、女儿、职员三个角色让我忙个不停。我多么希望他能帮帮我，可他总是忙这忙那，很少顾及我的感受。

"一次我的一位男同事的玩笑短信被他检查手机时看到，不管我怎么解释他都不相信我，还闹着要离婚。我不想失去他和这个家，就尽力做到让他满意，可一个不开心就又是一番吵闹，我真是身心俱疲。苏心，你能告诉我我该怎么办吗？"

我提醒她："婚姻中都存在这样那样的问题，如果两个人一味地相互指责，又怎会感觉到幸福？你同事的玩笑短信被他看到，甚至闹离婚，这说明玩笑的尺度很大，无论是谁都会多想，你想过他的感受吗？"

03

是的，在婚姻里，我们总是习惯于指责另一半。如果你听听另一半怎么说后，你会不会反思一下自己？

一位男士上个月给我发来这样一段留言："苏心，看到您的文章，我对您有种相见恨晚的感觉，不过您的文章所言很多是女性的婚姻、情感问题，作为一个男性，我也很想和您说说我的问题。

"我爱人曾经是一个非常可爱的小女孩，我们也很相爱。婚后我们有了一个可爱的宝宝，我爱人认为宝宝需要自己带，才能给宝宝最好的教育，所以她做了全职妈妈。她的世界里只有我和宝宝，我每天下班后，也赶紧回家帮忙带小孩，只要我在家，我爱人不论大事、小事都会找我，特别依赖我，我感觉特别累。

"前段时间，她回单位上班了，原来的岗位被人顶替了，她只好又从头开始。她心里不痛快，就整天拉着脸，自己不开心，让全家都不高兴。最让我难以忍受的是，她经常和男同事发一些暧昧的聊天信息，我们为此吵过很多次，我甚至提出了离婚。如今我俩回到家后谁都不愿和对方说话，各自躲在角落里玩手机。我感觉我们的婚姻走不下去了，您能告诉我，我该怎么做吗？"

看完这段留言，我一下子就联想到阿伟，甚至脑补出一段"他们俩是夫妻"的剧情。

你看，在婚姻里不仅女人会觉得千般委屈，男人也是一样的。

04

当我们刚走入婚姻的围城时，总是把爱情当成人生，希望两个人始终保持着初见时的蓦然惊喜。其实所有浓烈的感情，都会慢慢进入柴米油盐的平淡期。

这个时期，两人之间的神秘感基本消失，彼此在对方眼里变得越来越平凡。此时你应该考虑的是如何经营好这段感情，而不是找这样那样的理由想着怎么抽离婚姻，转身而去，各安天涯。

如果在婚姻里不懂得这个真相，那么千帆过尽，你也难以遇到那个能与你热恋一生之人。

我一个亲戚的女儿，刚刚三十岁，从二十三岁那年第一次结婚到现在，结了离，离了结，已经离过四次婚了，还没找到合适的伴侣。

据说再恩爱的夫妻，一生中都有200次想离婚的念头和50次想掐死对方的冲动。两个独立的个体，从不相识到相遇、相识、相爱、相知，到走进婚姻的殿堂，如果没有相互的包容和理解，又如何走过漫长的一辈子？

就像我之前提到的林徽因，她和丈夫梁思成都是很有个性的人，但两人在婚姻中都把丈夫、妻子的身份放在第一位。在抗战期间，林徽因一人带着全家老小，长途跋涉；炮火纷飞中，两人一起走过那些不知道明天和意外哪个先来的日子。那些相扶相偕，像一路似锦繁花，盛开在他们的婚姻进程中，才换得婚姻的千般玲珑。

而所有好的感情，都是因了两个人共同的付出才结出幸福之果。

你一半的努力与谦和，加上他一半的上进与包容，就会捧出一个圆满的婚姻。

他是一座山

初中同学群里，有人发了一个电视栏目的视频。这档栏目在本地很有名，里面有一位主持人很厉害，凭着睿智和好口才化解了很多纠纷。

正好不太忙，我就点开看了看。

原来是婆媳之间有矛盾，儿媳妇求助电视台栏目组调解而制作的一期节目。这家人住在郊区，公公、婆婆五十多岁，只有一个儿子在外地打工，儿媳妇生了两个女儿，大的跟着爷爷奶奶住，小的刚刚几个月大，儿媳妇专职看孩子。

一家平时都在一起吃饭，婆婆负责买菜、做饭。小孙女虽然小，但是很淘气，每次吃饭婆媳俩要轮流抱着她。

那天他们家有本村的亲戚办喜事，公公、婆婆带着大孙女去参加婚礼，临走时，儿媳妇嘱咐婆婆早点回来，自己一个人在家带孩子，做饭困难。

公公、婆婆答应了，可到了亲戚那儿，人家请求他们帮忙，让他们晚上再回去。毕竟是亲戚的大事，老两口就留下来帮忙了。

到了晚上，公公、婆婆回来后，儿媳妇勃然大怒，说公公、婆婆扔下她们母女俩不管，她们连饭都吃不上。婆婆极力解释，儿媳妇始终不依不饶。

婆婆赌气，几天没有去给儿媳妇做饭，儿媳妇一气之下打了电视台这个栏目组的电话，让栏目组来给评评理。

节目现场一家人都在，还原事情的前因后果。主要是儿媳妇在说，婆婆偶尔补充几句，一副很老实、很窝囊的样子。说到不对的地方，公公忍不住站起来和儿媳妇讲理，说婆婆每天家里、家外干那么多活儿，儿媳妇自己就看一个婴儿都看不了，这也太过分了。

儿媳妇也没给公公面子，说他一个男人掺和女人的事。公公、儿媳妇两个人，当着节目组的人吵了起来。

主持人看不下去了，教育了儿媳妇几句，说她对老人太不尊重。

整个过程中，那个在外打工的儿子都一脸木然，没有一点表情地看着眼前的亲人争吵，一声没吭。

我的同事在旁边和我一起看，气得骂他："这个儿子是个男人吗？连个屁都不放，怪不得老婆那么强势，都是因为他太软了。"

02

听同事这么说，我心里一动，想到了我的同学梅子。

婚前的梅子并不是那种张牙舞爪的女人，平时文文静静的，没有什么脾气。

可自从结婚后，她脸上的那种安静渐渐变成了隐隐的戾气，脾气越来越暴躁。我一直很纳闷：很多女人为人妻、为人母后越来越有女人味，怎么梅子变得越来越难看了呢?

五年前梅子离婚了，我很震惊，问她原因。她说本想嫁个男人，结果找了个儿子。结婚后她才发现老公就是一个"巨婴"，什么事都不愿操心，遇到事就推给自己处理。

一天梅子从商场回家，在停车场倒车时不小心碰了一辆车。本来事故不大，可对方是个很不讲理的男人，气势汹汹，一根手指差点戳到梅子的脸上。

梅子吓得赶紧给老公打电话，他先问了情况，听说没什么大事就松了一口气，犹豫着和梅子说："人没事就行，对方要是不接受私了就报警吧，我过去也解决不了问题呀。"

梅子气得差点把手机摔了。

就是因为这件事，梅子下了离婚的决心，任凭谁劝也不听，甚至她老公跪下来求她她都没心软。她说自己这些年太累了，与老公名义上是夫妻，实际上简直就是母子，她再也不想忍下去了，坚决离了婚，带着孩子自己过。

梅子从婚姻中走出来后感到无比轻松，就像放下了一个包袱。

前年梅子再婚，那个男的我认识，他曾经说过一句话："钱是什么？钱就是男人挣女人花的东西。"他简直就是一个宠妻狂魔。

怎知他前妻不幸病逝，他一直无法从悲伤中走出来。有人为他与梅子撮合，两人惺惺相惜，后来谁也没有通知，悄悄办了结婚手续。

我再见梅子，已是她结婚一年后，走在那个男人身边，梅子的脸上又恢复了从前那种安安静静的神情，一副小女人的模样。

我和梅子聊起她现在的婚姻，她说："找男人首先要看他能不能有担当，如果嫁给一个没有责任感的男人，你会在婚姻中尝遍百般苦味，让自己一生都活得不像个女人。"

03

是呀，女人在婚姻中都是遇弱则强，遇强则弱。天生的女强人不是没有，但大多数女强人哪个不是经历了婚姻的风风雨雨，才历练出来了钢筋铁骨？

年轻的时候，女人也许会喜欢那个事事依随她的男人，但那样的男人往往支撑不起婚姻的大厦。他不是坏，而是软，不具备一个男人应有的担当，出现问题时不敢也不能面对。婚前他会把这些事推给家人；到了婚后，就会把这些事推给妻子。

等女人把风景看透，就会懂得，在滔滔人世、茫茫人海中，遇到一个"硬"的男人是多么可贵。

这个"硬"不是脾气大，而是有责任、有担当，能撑起婚姻的一片天。

他能让女人在婚姻中变成一个娇滴滴的小女孩，而不是成为能抵挡四面八方的风险的"女汉子"；他也能让女人更加柔情似水，因为他就是一座山。

好的婚姻，男人都很"硬"。

走进人生下半场

01

2017 年，我追过一部电视剧——《我的前半生》。

很多人之所以喜欢这部剧，是因为它贴近现实，剧中的很多人就像在我们身边一样，每天上演着生活的鸡零狗碎。

说真的，对罗子君的妈妈薛甄珠这个角色，我开始一直带着嘲笑的目光看：买个西蓝花也要顺走几根香菜；在子君还是全职太太时，去她家就像刘姥姥进大观园一样，见到什么都新鲜，恨不得都带走；嫌贫爱富，和白光就没好好说过一次话，见了贺涵就恨不得人家是她的女婿。最可恨的那一段就是她跑到唐晶家里，让唐晶把贺涵让给罗子君，我简直讨厌极了这个大妈。

可到她临终那一幕，我却被她深深感动，哭得一塌糊涂。

她让子群和白光离婚，让唐晶成全子君，把罗子君托付给贺涵。

她依然是那么自私自利，但这私利中，是她对两个女儿的放心不下。

母爱就是这么伟大，任凭你之前对这个爱贪小便宜的老太太有多少偏见，那一刻也会让你不自觉地路转粉。

你会觉得，她是罗子君和罗子群的母亲，也是你和我的母亲。

薛甄珠去世时的场景，几乎和我母亲去世时是一样的。她们都是躺在医院的病床上，气若游丝，唯独放心不下自己的孩子。母亲对我说的最后一句话是："二子（我的乳名），你一定要生个二胎，我要是能好我帮你带，等你老了，一个孩子怕照顾不过来你。"

在母亲生命的最后时刻，她想着的不是自己的安危，而是我，她最爱的小女儿那遥不可及的老年生活。

很多人，包括我，都是在那一刹那长大的。当这个世间最亲的人再也无法爱你了，无论你之前怎样被娇惯、被呵护，以后的路都要学会自己走。

02

前天下雨，我打车去上班，上车后发现司机竟然是一位六十岁左右的——阿姨。

我坐过许多出租车，还是第一次遇到这么大年龄的女司机，这么大年龄的男司机都不多呢。我好奇地问："您多少岁了？"

她问："你是不是看我年纪大了开出租，感到好奇呀？"

这位司机阿姨比较善谈，还没等我说话，就和我聊起了她的前半生。

她是父母唯一的女儿，丈夫是外地人，婚后他们就和父母住在一起。老两口退休后，全职为女儿一家人服务，看孩子、做饭、收拾家务。这些年日子虽然不算大富大贵，但很和美，她活到四十几岁都还不会做饭。十年前她的父亲脑出血去世，她一下子蒙了，从来没想过这种事会发生在自己身上。

好在还有母亲、丈夫和儿子，陪她度过了那段艰难的岁月。

两年前她的母亲突发心梗，一丝征兆都没有就离开了。她根本无法接受，疯了一样。命运把她打倒在地，却并不罢手，又踏上一脚。她的丈夫又被查出患了肝癌，已经无法手术治疗，保守治疗了半年，也撒手走了。

接二连三的打击后，她大病了一场。

她好起来以后才明白，生离死别是每一个人都要面对的课题，命运之神不会提前和你打招呼，总是猝不及防地到来。

但是日子还得继续呀！

儿子大学毕业后留在了北京，按揭买了一套房子，每月的收入除去还贷就已所剩无几，他平时一天假也不敢请，怕扣全勤奖。

这位司机阿姨的积蓄在给丈夫治病时就花得差不多了，她向亲戚、朋友借了十万元给了儿子。

她想再找份工作。她的退休金不高，自己也没有什么技能，家里有车，她也在几年前拿到了驾照，就开上了出租，想早点还清借款。

这位阿姨的故事，听得我唏嘘不已。

是呀，生命再繁花似锦，你遇见的人再多也只是一程相伴。无论是谁，未必能保护你一辈子，你总得学着长大。你以为的一辈子，更多时只是一阵子，孩子会长大，父母会离开，爱人也不会一直陪在你身边。

03

《我的前半生》是女主角罗子君以自己的回忆为线索，回望过往的岁月，讲述生命中的那些人和自己发生的故事。

最后的她到了异地他乡打拼，曾经的亲人、朋友、爱人都走出了她的生活，无人再给她呵护与支持。

而真实的世界更残酷，根本难有唐晶那么完美的闺密，能解救你于水火，而贺涵那样踏着七彩祥云而来，做你的人生导师，宠你、爱你，把你从一个家庭妇女变成职场精英，给你一个安稳人生的白马王子更是罕见。

你的生命中更多的是亲人、朋友、熟人。你们相携一程半路，走过万水千山之后，你会发现，唯一可以指望和依靠的，只有自己。

当然，这还不是这部剧要告诉我们的最重要的人生命题，最重要的就在于贺涵和罗子君隔空的那段对话：

"我前半生里最重要的人和事，都留在了上海。"

"那你还舍得走？"

"当然舍不得。

"但只有在走开之后，我想我才能慢慢体会到，才会知道那些舍得和舍不得的东西，对你来说有多重要……"

直到此时此刻，全剧才揭开了要阐述的主题：珍惜。

是的，珍惜。

生命的真相就是一场又一场的相遇与别离。而在我们还未曾别离之际要好好珍惜，不要等哪天走散，再也回不去了，才像陈俊生那样痛哭流涕："我想回到从前，从前的从前。"

当有一天你的前半生已过，如果你曾经珍惜过生命中最重要的人和事，那时你才能不念过去、不畏将来地走进人生的下半场，去领略世间最动人的风景。

吵架

01

七夕前一天，朋友圈有人发了一个动态，她和男朋友逛街，一言不合两人吵了起来。她气呼呼地说："我现在通知你，我和你分手了。"

她男友笑着说："好了，别作了，明天还要不要一起过七夕了？"

她扑哧笑了，一场战争就此结束。

其实在爱情中，很多女人会像这样口是心非，明明心里爱着，非要从嘴里蹦出"分手""离婚"之类的字眼。若遇到懂你的男人还好，知道你只是说说而已，他就一笑而过了。若你遇到直男，他说"好，分就分，谁离开谁活不了呀"，结果弄假成真，造成不可收拾的局面，甚至会成为你一辈子的遗憾。

02

记得十多岁时，一天清晨我还在睡梦中，听到有人急切地敲门，我一下子就醒了。

爸妈起得早，正在做早饭，赶紧过去开门，来人说："表姨，妈妈叫你去我家，昨晚我哥两口子吵架，我嫂子半夜回了娘家，今儿一大早她弟弟带人来了，正在我家砸东西呢！"

我听出声音了，来人是我妈妈的表姐家的小女儿，和我差不多大，经常找我玩。从她断断续续的描述中，我脑补了一幅画面：她哥哥嫂子吵架，惊动了嫂子的娘家人，气势汹汹的娘家人正在她家打砸东西。

妈妈很吃惊，说了一句："还有这种事？稍等，我换上鞋就走。"

生平第一次，我那么麻利，抓起衣服就套在身上，跳下床跑到外面要求跟她们一起去。并不是我有多关心那位表姨，我只是对那个场面太好奇了。妈妈没有理我，迅速出了门，我跟在她们身后一溜小跑。

很快我们就来到了表姨家，老远就听见一阵吵闹声，表姨家围了好多人。妈妈拉着我挤进去。打砸行动已经结束，门窗玻璃碎了一地，家具东倒西歪，一片狼藉。表姨坐在地上大哭，看到我们，她哭得更起劲了："我这是造了哪门子孽呀，娶了这么个儿媳妇，就是个祸害呀！"

妈妈问怎么回事，表姨叙述了事情的原委。

昨晚，她的儿子也就是我表哥，和他媳妇吵架，本来也没什么矛盾，都是鸡毛蒜皮的小事儿，谁知道两人竟然越吵越厉害，表嫂失口问候了表哥的爸妈，表哥不仅嘴上还了一句，还给了她一个耳光。这下子表嫂不干了，赌气跑回了娘家，到家一说她男人骂自己的父母还打了她，那还了得，她弟弟一听就急了，一大早就带着几个小哥们儿，把表姨家砸了个稀巴烂。

事情到这份儿上，两人只有离婚一条路了，而且牵扯民事赔偿，闹到了法院上。

后来他们真的离了婚，我听妈妈说，离婚时表嫂一直哭一直哭，死活不同意离，哭得法院的人都心软了，劝表哥不要离了。表哥也犹豫，用眼神征求他老妈的意见，可表姨铁了心，谁劝也没用。表哥无奈，只得签了字。

很快就有人给表哥介绍对象，据说表姨为了跟前表嫂家赌气，用最快的速度促成了表哥的二婚。

这些年表哥和这个表嫂几乎没有吵过架，在婚姻里脾气非常好，落了个"好丈夫"的称号。

但他妹妹和我说，他根本没有放下前妻，经常偷偷流泪。一场架，把两个本来很相爱的人吵得劳燕分飞。

这架吵得代价实在是太大了。

03

吵架实际上应该算是一个技术活儿，会吵架不仅不伤感情，还能表达情意。

就像《红楼梦》中的林黛玉，三天两头和贾宝玉吵架，但她偏偏就是贾宝玉弱水三千只取一瓢饮的那个心上人，大观园中那么多美女，为什么贾宝玉只爱这个喜欢和他耍脾气的林黛玉呢?

有一回林黛玉和贾宝玉又吵了起来，贾宝玉怎么劝都不行，他怪林黛玉不懂自己的心，说恨不得去死。吵到这份儿上，这架算是吵大了，可林黛玉此时的话让他们的关系来了个峰回路转："你只怨别人嗔怪了你，你却不知道你自己恼人难受。就拿今日天气比，分明今儿冷得这样，你怎么倒把青坎披风脱了?"

一句话，任凭哪个男人都心软了，这哪里是吵架，分明是撒狗粮嘛。

小吵怡情，大吵伤身，正确把握吵架姿态和吵架技术，才能把一份感情吵得缠缠绵绵。

在港片《大内密探零零发》中，刘嘉玲和周星驰扮演的一对夫妻不知为了何事吵了起来，越吵越厉害，眼看就要无法收场，刘嘉玲突然抬头问周星驰："你饿不饿，我煮碗面给你吃啊?"

那个场景让我感动了许久，这才是俗世里的爱情呀，无论两人如何争吵，只要一碗面就可以化解，那种争吵里面藏着的，是多年夫妻成亲人的柔情和温暖。

04

是呀，世间没有不吵架的夫妻，关键看怎么吵。

有的人吵架是为了沟通，既解决问题又不伤感情；而有的人吵架时什么解气说什么，出口如刀，直到让两人之间的感情重伤倒地。

我以前基本属于后一种人，我和老公吵过无数次架，几乎每次我都是那个说最后一句话的人，每一次吵架都是我"赢"。

之前我并没有认真思考过这个问题。直到有一天，我忽然想到这个问题，难道每一次都是他错了吗？想着想着，我竟然落下泪来，我看到了我赢的背后，写着"让步"两个字。

老公和我一样，是内心特别特别骄傲的人，从不轻易低头，他肯让步不过是因为他更珍惜这份感情，才愿意放下骄傲主动向我道歉。

亲爱的，如果你的生命中有那么一个人，每一次吵架他都主动向你低头，每一次他都说是他的错，每一次都是他放下个性来迁就你，嘴上说着去买枪，却在路上为你买了豆浆，你一定要懂得珍惜，他才是最爱你的那个人。

之子于归，宜其室家

01

上周一位刚退休的老人来我们这儿办业务，他儿子是充当司机角色和他一起来的，从进门直就没有抬头，一直低头玩手机，根本不管他爸爸的事。

这位老人一边办业务一边说："我儿子三十岁了，还像个孩子，要是能找个好媳妇就好了，不然他就只知道玩。"

我笑问："什么叫好媳妇？"

老人滔滔不绝地说了起来："当然是能带着男人过好日子的女人呀。一个家庭如果日子过得好，肯定是家里的女人特别爽利明事理，不信你看看周围过得好的人家都是这样。男人呀，再棒也离不开女人的督促。可现在找个这样的媳妇太难了！"

听着他的话，我忽然想起妈妈的一位表妹来。

我十几岁的时候，妈妈偶尔会去一位表姨家串门，她俩从小一起长大，有种闺密的感情，所以来往比较多，如果赶上周末，妈妈还会带上我。

每次我们去表姨家，都会碰到一屋子人在她家打麻将。表姨只有一个女儿，和我差不多大，几次偷偷和我说她妈妈特别懒，爸爸不回家就很少做饭，每天吃饭都是对付。这样最大的好处就是，无论她成绩考得多差，妈妈都不管，她可以痛痛快快地玩。

据说表姨夫是那种特别精明能干的人，在国家号召让一部分人先富起来的时候，他就开始做各种生意。我去表姨家的次数也不少，反正一次也没遇到过他。他太忙了，进货、送货、收钱，反正天天忙得四脚朝天。

有一次妈妈和爸爸说，表姨夫这么能干，他们家应该存了不少钱。

可在一个周末，真相被戳开了。

那天我和妈妈去表姨家玩，离着老远就听到他们两口子在吵架。妈妈走进去一问，原来表姨夫的父亲病重住院，需要用钱。表姨夫平时都是把钱给表姨存着的，结果向她要钱她说没有，两口子就吵了起来。

妈妈以为是表姨不愿出钱，就使了个眼色把表姨夫支走，然后向表姨说："老人生病不拿钱，让外人说起来会笑话你的。"

表姨一脸无辜："我真没有钱呀，不是不肯出。"

妈妈愣了："你男人那么能挣，你说下大天来也不会有人信你没钱。"

表姨茫然地说："大家都这么说，可我真不知道钱去哪儿了，折子上就这点钱，都给他了呀。"

清官难断家务事，妈妈也不好再掺和，就带我回了家。

后来妈妈和爸爸说起她这位表妹，过日子心里从来没数，钱就随手来随手走。女人不会管家，男人再能干也没用，根本存不下钱。女人连打理好自己的能力都没有，更别说管好家了。一个家庭，占主导地位的还是女人。

这话我的一位老领导也说过。

02

我刚上班时，在办公室当文秘。

有一位副职领导是中文系毕业的，总是出口成章。像我这种文艺女青年最崇拜这种人了，于是总喜欢观察人家。

他那时年龄也不大，就三十岁出头，衣服每天都穿得很整齐，皮鞋也擦得锃亮，我却从一些细节中看出他并不是一个天生爱干净的人。

有一次我和他聊天，他说他妻子简直就是有洁癖，忍受不了一点脏。他说自己结婚前衣服、袜子每天乱丢，袜子总是穿得脏得不能再穿了就直接丢掉。吃东西也是，管他什么大排档、路边摊，他想吃就吃。花钱他也没数，发了工资就花，没了就挨饿。

　　可自从结婚后，他开始从一个随意的人慢慢变得挑剔起来，衣服不洗好熨好就不穿，在外面吃饭的次数也越来越少，别说大排档了，就是大饭店都会觉得不卫生，能回家吃就尽量回家吃。工资也由妻子管着，他觉得她就是一个仙女，两个人的工资也不算高，可日子过得不仅滋润，存折上的数字还呈直线上升趋势。

　　他说，一个家庭中女人就是火车头，日子好坏大部分是由女人决定的。

　　说这些话时，那位领导脸上始终保持着一种自豪的笑容，看得出他对自己的妻子很满意。

　　他的妻子我见过几次，是一个有着通身诗意的女子，不仅会过日子，还喜欢读书，听说一家人每天晚饭后，就各捧一本书静静地看。

　　前段时间我在商场遇见那位老领导，他儿子现在在一所"985学校"读书。我一点都不意外，有那样的妈妈，孩子差不到哪儿去。

03

　　我们这儿有句老话，一个好女人，幸福三代人，上面是父母，中间是丈夫，下面是孩子。女人就是这些人之间的一条线，起着承上启下的作用。

　　妈妈的那位表妹我前几年还见过一面，老伴早就不做生意了，在一家公司当保安，她和年轻时一样，有了钱就"月光"，她家的日子似乎一辈子没有什么变化。

她女儿初中毕业后上了技校。有一个在社会上游手好闲的青年，没什么正当职业，却有哄骗小姑娘的本领，表姨的女儿不顾所有人的劝说，偷偷和他同居了。

后来表姨的女儿怀孕了，被学校给开除了。没办法，表姨只得让他们在一起。这些年两口子整天吵，分了合，合了分，日子过得一团糟。

有人说每一个成功男人的背后都站着一个好女人。这话没错，不信你看，但凡有所成就的男人，妻子都很优秀，几乎没有例外。

一个男人最大的福气和底气，就是娶到一个好女人。

好的女人不仅自身美好，也会让身边的人和事变得快乐而美好。对一个家庭来说，这不仅体现在物质生活上，更重要的还有精神层面。

这样的女人内心装着一个温暖的春天，让每一个置身其中的人如沐春风，哪怕是柴米油盐，也能处理得如诗如画。

桃之夭夭，灼灼其华。之子于归，宜其室家。

好女人，好婚姻，好日子。

你是妈妈，你要为孩子培养一个爸爸

01

2017 年，有段时间我的朋友圈被何洁那句"不想再结婚"刷了屏，我这才知道她已经离婚了。

2017 年冬天的时候，关于何洁离婚的消息传得沸沸扬扬，她的婚姻一度被称为"丧偶式婚姻"。

我专门去网上查了一下这个词，大致意思就是，虽然两个人结婚了，但有一方（大多指男方）冷漠对待家庭，无视家庭义务。

这个词出来后，被很多已婚女人认领，包括我的朋友倩倩。

十年前倩倩去云南大理旅游，遇到了她的小学同学东子。两个故知在遥远的他乡相遇于美景中，自然有着亲人般的亲切感。倩倩正赶上来例假，整个人疲惫得不行，还好遇到了东子，跑前跑后地帮她提包、买东西。

在那样的环境中，这种相遇很容易迅速拉近双方的距离，一点小小的暖意都会被无限放大。从大理回来后，两人已经如胶似漆了。

他们各方面的条件，如工作、学历、家庭，都很相当，父母这一关毫无障碍地就过了。

婚前花前月下卿卿我我容易，可婚后到一起过日子，各种问题很快彰显出来。

东子是父母的独子，从小在家里是个油瓶倒了都不扶的主儿，结婚后也没有这个意识，下了班就往沙发上一瘫打游戏，什么都不想干，也不会干。

倩倩和他吵过几次，他也没啥改变，最多下了班直接买饭回来，谁都不用做了。

后来倩倩生下儿子，正值她娘家弟媳也刚刚生孩子，她妈妈不能过来照顾，婆婆又腰椎间盘突出，倩倩的世界一下子兵荒马乱起来。

她不得不学着干各种没干过的活儿，洗衣、做饭、带娃。

累极了的时候，倩倩和东子也吵过、闹过，但东子理直气壮，觉得自己没啥错，说结婚前在家里这些活儿都是妈妈一人干，也没见爸爸搭把手呀。

五年前倩倩提出离婚，我听后吓了一跳。我从来没听说他们夫妻之间有什么不可调和的矛盾，赶紧给倩倩打电话问是怎么回事。

倩倩向我哭诉："我明明已婚，却像一个寡妇拉家带口地过日子，当你遇到事不知所措时，当你累了想找个肩膀依靠时，发现那个本该给你这一切的男人，要么像个外人，要么像个长不大的孩子，漠然、不知所措地旁观你的水深火热。我活得实在太累了，还不如离婚带着孩子过，总比照顾两个孩子强吧？"

我知道她这是气话，她就是太累了，才拿离婚吓唬一下东子。

下了班我去她家，看到东子正在玩游戏，忍不住责怪他太懒，把倩倩都逼得想离婚了。

他一脸无辜："我不出轨、不抽烟、不喝酒、不玩牌，每天下了班就回家，她还要我咋样？我再不玩个游戏，这活着还有啥意思？"

我真是哭笑不得。

他们闹到这步田地，东子当然要负主要责任，但倩倩也有责任。

02

记得有一次我去参加培训，老师讲的是如何把外力借用到最大化，她用与男人相处举了一个例子，问："亲爱的女士们，如果你在家里突然看到一只蟑螂，你会怎么办？"

下面的人纷纷回答："踩死它！"

老师狡黠地笑了："不，你应该装作很害怕地尖叫一声，藏到老公背后说'好怕'！他一定会一脚把蟑螂踩死，然后安慰你：'亲爱的别怕，有我呢！'轻飘飘的一句话，你就让他有了英雄般的感觉，用这种方法让他做再大、再累的事，他也甘之如饴。你不要事事亲力亲为，要学会借助别人的力量。"

全场哈哈大笑。

我却在那一刻悟出一个道理，我们国家几千年的历史传统，早已形成一个根深蒂固的共识：家务活儿和生儿育女的事，与男人只有那一丁点儿关系，他们下意识地认为，这些活儿都该是女人干的。

所以在家庭建设中，女人要学会把男人的积极性、主动性调动起来，这样自己会活得轻松很多。

这些年虽说性别群体的地位提高了很多，但在整个社会体系中，女性还是处于弱势地位。白天女人和男人一样要朝九晚五地上班，晚上回到家还有一大堆家务要干，有孩子的更是恨不得多生出几只手，忙到半夜，第二天顶着黑眼圈再去挤地铁、公交。

多少娇滴滴的女孩子，慢慢变成了无坚不摧的"女汉子"；温室里生长的花朵，一个个都能抵挡狂风暴雨。

可为什么你不学着让那个男人帮一把呢？

别说他就是那样的人说了也白说、他天生不会什么的。有几个男的从小就被妈妈训练着做家务活儿？更多的男人是当甩手掌柜的。

03

之前我也一样，家里的大事、小事不指望老公，天天累得想骂人。妈妈说："他不会你就锻炼他呀，不然你一个人得累死。"

我开始试着打造老公。

女儿小时候晚上经常起来上厕所。深更半夜，睡得正香被人叫醒的滋味简直痛苦到了极点。我长期神经衰弱，每天处于浅睡眠状态不说，醒了还难以再入睡。

我就教女儿："宝宝，你晚上醒了叫爸爸，让他抱你去厕所，记住了吗？"

果然，女儿再醒了就喊爸爸，开始的时候他也烦，嘟囔着："为什么不喊妈妈呀？"可他还是不得不起来。

慢慢地他不仅习惯了，还感受到了陪伴孩子成长的快乐。女儿八九岁时还经常骑在他身上玩，他笑称："甜蜜的负担。"

一次我们全家去旅游，还有他们单位的几位同事一起。早餐后集合的空当，他给女儿扎小辫子，引得几位女同事羡慕不已："苏心太有福气了，老公这么体贴，这种活儿都干。"

你看，这些分内的事大家都觉得不是男人该干的，那不是自己就把他本该在家庭中承担的责任自动排除出去了吗？

04

这世上哪有天生爱做家务的男人？他不会干，没有主动性，没关系，你去培养他呀。

与其整天抱怨，整天和他吵，甚至闹离婚，为什么不试着去改善呢？

是的，改善，而不是改变。

改变一个人很难，但改善一个人还是很容易的，一个习惯的培养只需二十一天。

你是妈妈，就为孩子培养一个爸爸，帮男人培养起一个又一个好习惯，使他成为一个合格的爸爸。

无论你在外面是谁，回到家大家人格平等。

在宝宝成长的路上，一手牵着妈妈，一手牵着爸爸，他才会觉得自己是世界上最幸福的孩子。

一家人眺望着同一个方向，笑看人间花开花落，你才能感受到家的快乐和温馨。

朝朝暮暮，一生相伴

01

昨天同事 A 带表妹来我们部门办业务，A 的表妹是个三十岁出头的女子，五官长得没的挑，可一旦与人交流月光便显得有些迟滞了。

填资料的时候，简单的表格却一连填错了好几份，她抬起头求助表姐，A 过去帮她填好，让她自己签了名字。

我陡然生起了好奇心，她年纪已经不小，表现却与年龄很不相称。

办完业务，A 送表妹出门后，回来对我说："唉，我这表妹也挺可怜的，本来家庭条件很不错，自身条件也挺好，虽说是专科毕业，却有一份很好的工作。不知她中了什么邪，和一个初中同学谈恋爱，男方是标准的'三无人员'。"

家里人死活不同意，不单单是门不当户不对的问题，她父母以过来人的经验判断，这男的人品不行，贪图的只是利益。

可她铁了心非他不嫁，没办法，最后她父母只得依了她。

两人婚后不久，那男的就露出了本来面目，原以为攀上这个高枝能得到什么实惠，可除了妻子那点稳定的工资外，他并没有捞到多少好处。

他闹腾着自己创业，让妻子东借西凑了二三十万元开了个店，一年下来经营得还算可以，表妹终于可以在家人面前扬眉吐气了。

02

谁知男人搭上了店里的服务员，两人出双人对根本不避嫌，不认识的人都以为他们才是夫妻。

就连表妹坐月子，男人都以店里忙为由不回家，家里人已知道他出轨的事，只是不忍和表妹说。孩子刚满一周岁时，男人以感情不合为由提出离婚，表妹蒙了，自己一直对他百依百顺、言听计从，怎么会这样？

表妹抱着孩子跪着央求自己的男人，都没让他有一丝心软，男人铁了心要离婚，僵持了近一年，法院判离。孩子归女方，男方给抚养费。

表妹的精神一下子受到了刺激，原本挺开朗的一个人，变得整天自言自语，脑子不清不楚。

表妹请假在家休养了大半年也没有太大改善，整个人还是糊里糊涂的，好在单位领导同情她一个人带着孩子，对她很照顾。

经历了这次婚变，表妹再没缓过来，更别说什么自身建设了，这几年一直恍恍惚惚的，有人给介绍过几次对象，她一说话就把人吓跑了，对方觉得她神神道道的。

不得不承认，女人在婚恋上翻篇重来的机会要比男人少得多，一次嫁错，人生甚至会从此黯淡，再无光芒。

爱错人的代价实在是太大了，如果你再不知道及时止损，在那段感情里兜兜转转不愿出来，很可能就会搭上一辈子的幸福。

而爱对了一个人，真的是境况大不同。

03

前段时间我在商场里遇见了初中同学燕子，她上学时尽管情商不错，但成绩很一般，都没考上高中，后来我们就分开了，从此再无交集。

这些年我偶尔会想起她，以为她早就嫁为人妇生儿育女去了，应该不会有什么作为。

可那天我在商场看到她，她整个人神采飞扬，简直像脱胎换骨。我们找了家咖啡厅，说着这些年各自的际遇。

燕子当年初中毕业没考上高中，就上了技校，想着学门技能以后也好找工作养活自己。

毕业后生存在前，她横下心去了北京一家洋快餐店打工。她肯吃苦，又能干，很快适应工作，并成为店方着力栽培的对象。

第二年燕子遇见了大学刚毕业去那里实习的一个男生，也就是她现在的老公。两个人天雷勾地火般坠入情网，她根本不知道他的家庭情况，只是单纯地爱这个人，也被这个男孩爱着。

直到被男朋友带回家见父母时她才知道，他是一家很有名的企业的少爷。

两人的爱情很顺利，得到了所有人的祝福。公婆很喜欢她，说公司以后需要她协助打理，她应该趁着年轻多学点东西，就出资送她去一所大学读了管理专业。

进修毕业后燕子就结了婚，在公司里从基层做起，其间不断参加各种培训，如今已经成为公司的高层。那个下午，燕子在咖啡厅侃侃而谈，脸上似乎闪着光、发着亮，特别有职业范儿，让我很难把她和少年时那个不知努力的女孩联系到一起。

看着她，我不由得想起一句话：爱对人，一生就等于做对了大部分的事。

这话用在这里是何等恰如其分，燕子不就是这样吗？爱对了一个人，她的命运都改变了方向，顺着良性的道路，遇见了那个最好的自己。

04

爱对人和爱错人的结局，是大相径庭的。

而考量一段感情的对错，物质条件绝不能成为重要标志。好的爱情和婚姻中，人品优质与互相成全，才是关键和不可或缺的两个因素。

　　爱错人是一场生命的消耗；爱对人对一个人来说，就是一生的滋养。你选对了，你的人生就是彩色与坦途；你选错了，难免会遭遇黑白与险滩。

　　其实爱对人，也不一定非要与其厮守到老，哪怕爱情最终归于平淡，这个过程带给你的美好，依然如生命中的繁花绚丽绽放。

　　就像林忆莲和李宗盛，虽然已劳燕分飞，但他们在一起时，李宗盛用自己的才华照亮了林忆莲的梦想，把她送上那条通往音乐殿堂的金光大道。就算爱过又错过，越过山丘也无人等候，那又怎样？他们没有撕扯，没有怨怼，没有中伤。和有些明星的分手互撕大战相比，你就会懂得什么叫爱对与爱错。

　　当然，我还是更喜欢一份美好的爱情能够始于心动，伴于心定，终于白首。

　　亲爱的，愿你在感情之初就遇见那个对的人，浮世三千，其爱有三：日、月与你。日为朝，月为暮，你为朝朝暮暮与他一生相伴。

婚外情，最好的结果是什么

有人在我那篇《婚后，遇到两情相悦的人怎么办》底下留言："苏心，我也在婚后遇见了真爱，但绝不会为了自己的快乐去伤害可爱的孩子。可是我们真的好相爱，为什么相爱的人不能在一起？婚外情最好的结果是什么？"

这两个问题，问得情真意切。

相爱当然可以在一起，但是要有前提条件，如果男未婚、女未嫁，两人不在一起还等着过年吗？

可是那些已经各自有婚姻的人呢，他们又遇到了心意相通的那个人，爱得死去活来，该怎么办？

不同的人有不同的选择。

02

五年前，我的同学娟子和前夫经过两年多的死缠烂打，终于离了婚，女儿判给了她。为了恢复自由身，和那个她认为"今生最好"的男人结婚，娟子可谓耗尽了精力，好在两个人也算求爱得爱，有情人终成眷属。

记得有一次逛商场，我正好看到了娟子和她的再婚老公，两个人亲亲热热地手拉着手，俨然一对热恋中的小情侣的样子，旁若无人地或是说笑，或是深情凝视。

公众场合的这些甜腻举动，在一对年轻情侣身上很正常，可在两个三十几岁的人身上，画面多少有些违和感。

我在他们身后偷偷笑。作为感情上的过来人，这种浓烈，我懂。

那次分开后，我们好久没有再见，也没有联系，我还是在一次小型的同学聚会上听有个同学说，娟子早就又离婚了。

我大吃一惊："怎么可能？当时两人好得简直是'山无陵，天地合，乃敢与君绝'，怎么会离了呢？"

有知情的同学说，他们离婚主要是因为孩子。

娟子带着女儿，那个男人带着儿子，组成了一个四口之家，貌似儿女双全，但这种组合家庭相处起来比原装家庭复杂、困难多了。

最初的时候，两个人对各自的孩子还能保持表面的公平，可到了后来，要么是妈妈偷偷给自己的女儿买东西，要么是爸爸偷偷给自己的儿子买东西。孩子们可精明着呢，对方多了什么东西都会知道，然后就会和自己的父（母）说。再有，孩子们对彼此都有敌意，便会借势添油加醋地说继父（母）一顿坏话。

时间久了，两人再好的感情也抵挡不住这些细碎的你争我吵。再接下来，他们便各怀心思地过日子，你的工资不告诉我，我的小金库也藏起来。两颗心有了距离，两个人之间便出现了各种罅隙。

渐渐地矛盾丛生，冲突不断，为之努力了两年的一份感情，走进婚姻不到两年，便以离婚结束。

03

很多"成功"的婚外情都是这样，开始轰轰烈烈，不惜一切代价也要和那个人在一起，而等到真的到了一起，彼此最初自带滤镜的光芒便不见了，被一个个细碎的小石子打得落花流水。

就像《我的前半生》中的陈俊生和凌玲，冲破千难万阻走到一起，也是在围城里被那些细碎的小事打得节节败退，最后陈俊生痛哭流涕："我想回到从前，从前的从前。"

这个并没有什么魔咒，只关人性。英国著名小说家奥斯丁说："爱情太容易，要爱情延续一生一世，太难太难。"

如果两个相爱的人之间渐渐没有了信任的支撑，那么局面会很快坍塌，走不下去。

第一次婚姻，建立信任是自然而然的事，而再婚的家庭，如果夹杂了很多私心，信任便难以建立，最终黯然收场是很正常的结果。

04

我的一位男同事，在十多年前有妻有子的情况下爱上了一个姑娘，那真叫情也浓浓，爱也汹汹。

他果断选择净身出户，把房子、孩子、存款都给了前妻，只要一个自由身，然后和那位姑娘走进婚姻的殿堂。

婚后不到一年，女儿出生，一家三口真是幸福得不要不要的。

可是去年这位同事和我们一起吃饭时，喝得或许有点多，话逐渐密了起来，跟饭桌上的几个年轻人说："人呀，跟谁过日子都一样，刚开始都是一样的激情，时间久了，你娶个天仙也就那样。看好一个人，结婚就好好过日子，千万别瞎折腾！"

他的重组家庭是这些年来我一直认为最好的，听到这话从他嘴里说出来，我不由得愣了半天。

有人做过一个研究，说一场婚姻里荷尔蒙的燃烧时间是十八个月；有了孩子后，亲情可以燃烧两年；接下来，还有两年责任心和良心，然后就到了七年之痒。这个时候，如果夫妻间的灵魂没有共鸣，围城中就难有动人的风景了。

这是脑部发育不足的人类需要面对的永恒的哲学命题。最终打败爱情的，都是人性。

事实上，无论是原配夫妻还是重组夫妻，感情发展的定律都有着普世的道理。只是人们更愿意把失败的重组家庭拿出来吊打，妖魔化这种感情。

05

爱情只是一念之间，有时很难用道德来约束。你可以约束住身体，却难约束住那颗心。在这种情况面前，我从不拉出道德的大旗，存天理，灭人欲。

有人的地方就有感情，或许只是一次愉悦的共进午餐，两个本来毫无防备的人就会因为对方口吐一个金句而意乱情迷。

人生难免在婚姻之外遇见让你怦然心动的人，但不是每一次心动都要有行动，如果每一次都离了再结，到最后你会发现，人生好疲惫，爱情无味，直恨当初何必相逢。

这也是人性问题，得到就是失去。真的，没有什么深情不渝绕得过人性。否则就不会有那么多见异思迁、始乱终弃了。

那么，婚外情最好的结局是什么？

我认为就是《廊桥遗梦》中那样，两个爱得死去活来的人，最后为了责任，女人没有跟男人一起走。

看这部影片时我还是个小女孩，情窦初开。影片中的两人在超市门口短暂一瞥，女人强忍奔上前去的冲动，漫天的雨，成了他们诀别的泪。他们深情、矛盾而又无奈的对望，成了永恒的画面，这一幕一直深深刻在我的脑海深处。

其实爱情最好的模样，从来不是只有牵手到白头。还有另外一种，就是把你们曾彼此呼应、彼此照亮的瞬间保存下来，埋在心底，当你在茫茫人海中感到孤独寂寞冷时，它会给你莫大的信心和勇气。

茶道里有个词叫一得永得，当你把它放进心底的那一刻，你便永远得到了这份感情。

那张温暖的双人床

01

几年前一个夏天的傍晚，我在小区旁的操场上走路，正遇上高中同学梅子，她说自己刚搬了家，离这儿不远，让我去她家坐坐。

我看时间尚早，就跟着她去看她的新家了。

梅子的新家装修得很讲究，处处透着一股富丽堂皇的味道。梅子的老公和儿子去奶奶家了，偌大的家显得有点空旷。

我们一个房间一个房间地看，梅子给我介绍那些家具的品牌，都很大牌。他们家是四居室，其中一个卧室当了书房，剩下的三间卧室，一人一间。

我很纳闷，问："你们两口子怎么不睡一起，还分着睡？"梅子有点不好意思，说："前几年孩子小跟我睡，我老公就自己睡，这不孩子自己可以独立睡了，我们在一起睡竟然不习惯了，干脆一人一果真，几天后的一个晚上，阿敏给我发来一张照片，她和老公甜甜蜜蜜地头靠在一起对着镜头笑，像一对正在热恋的小情侣，半点也看不出要离婚的样子。

阿敏说："很多矛盾就是因为不在一起造成的，大家都是饮食男女，感情就是在朝朝暮暮的巫山云雨中才越来越浓烈的，所谓一日夫妻百日恩，就是这样。床上有了温度，人也有了情意，哪儿还有说不开的事？我决定放弃那边的工作，来老公这里重新开始，为了自己的幸福，一切都值得！"

嗯，从小我就听老人们说过一句话："夫妻没有隔夜仇，床头吵架床尾和。"

这个"和"，一个意思是和解，夫妻俩睡在一张床上时，在亲密的空间里，那些鸡毛蒜皮的事还有什么不能说开的？

床尾和，还寓意美好的夫妻生活，两个火气再大的人，一个拥抱、一个热吻，在情意缱绻、软语温存中，也只剩你侬我侬、忒煞情多了。

03

记得我曾经去过一位同事家串门，同事拉着我去卧室的衣橱里看她新买的大衣，我看到面积不大的卧室里放着一张双人床，旁边还放了一张小床，屋里特别满，过人都费劲。

我说："你们家又不是只有一间卧室，怎么不分开睡呢，这样出来进去多麻烦？"

同事说："另外一间卧室本来是给四岁的女儿准备的，可她就是不愿自己睡，我老公也不愿自己睡，我又怕冷，一到冬天就手脚冰凉，我老公要给我焐脚的。一家三口在一张床上又太挤，我们就加了张小床，每天晚上一家人躺在床上的时候，是最幸福的时光。"

那天我在那位同事家吃的晚饭，她老公下厨为我们做的饭，两口子一直在厨房忙碌，互相对视的时候，目光就像初恋情人一样缠绵，眼角眉梢都是蜜汁一般的笑，让人那么容易就想到天荒地老。

是呀，好的伴侣是灵魂上的知己、智力匹敌的战友、性上和谐的伙伴。

而睡前是夫妻二人沟通交流的最佳时间，夜半无人低声私语，在天愿作比翼鸟，在地愿为连理枝。

相爱总是容易，相处太难，但有了卧室那张温暖的双人床，再冷的雨夜也变得暖意融融、诗情画意了。

给你温暖的那个人

01

我走在下班的路上，一辆车从身边缓慢地开过，从车里飘出来一首歌："差一点，你就是我的女人，差一些，手牵手的完整，却在对的时间错过对的人……"

我听得不由得怔怔，这是首老歌了，可是跟那句"差一点，你就是我的女人"相似的一句话"差一点，我就是你的女人"，昨天闺密麦子反复和我说了好几遍。

讲真的，深夜的朋友圈是不能看的，各种伤感扑面而来。昨晚睡前我刷朋友圈，就看到麦子发了这句话："差一点，我就是你的女人。"

我按捺不住八卦的心，觉得她肯定有故事，就把这句话截屏给她，然后附了一个问号。这一问打开了麦子的话匣子，她和我聊了一个多小时。

原来麦子和老公吵架，冷战好几天了，那个死脑筋的男人也没低头妥协的意思。本来只是夫妻间的小矛盾，经过几天的发酵，麦子甚至有了离婚的念头。

她想起那个曾经爱她如命的大学初恋，两人因为地域问题而天各一方，如果她当初不顾父母的反对嫁给他，一定是幸福而快乐的。怎会像现在这样，在一段鸡肋的婚姻中，不甘留下，又不能离开？

哇啦哇啦，麦子和我说了半天。

我听得唏嘘半晌。

念念不忘，不一定会有回响，却一定会心碎神伤。

其实这种故事我听过很多。或许每个人的心底都有那么一个爱而不得、爱而不见的人吧？

那个人不一定是你曾经的挚爱，但他一定是用力爱过你，对你特别特别好的。当你在感情上有什么不开心时，你就会把他翻出来比较一番，这是人之常情，和什么专一不专一扯不上一毛钱关系。

人都是这样，到最后记住的，都是给你温暖的那个人。

02

我刚上班那年，也有一个男孩子热烈地追过我。

我并没有爱上他，但多年以后，我曾经用力爱过的人早就消失在记忆中，只有那个全力爱过我的男孩子，还会偶尔在我的心头浮现。

每天下班，他都会带着微笑在我的单位门口等我。我不经意的一句话说喜欢什么东西，他都会上天入地去想办法弄来。

无论刮风下雨，一份我喜欢的早点，总是准时出现在我的办公桌上。我曾疑惑过：他要起多早，天天跑去买早点，送来放下再去上班？那时他的交通工具只是自行车。

有一天他红着眼在我的单位门口等我下班。他说要带我去吃我最喜欢的大餐，我竟没有看出他有心事，嘻嘻哈哈地和他吃了最后的晚餐。

夜色慢慢涌起，把我们包围。

他拉起我的手，跑到一座楼的露台上，我回头看他，竟然看到了他满眼、满脸的泪。

他拿出一沓钱放到我手里说："明天我就要走了，回北京，我的工作关系都办好了。我不在你身边，你要记得吃早餐，以后学会照顾自己。"

我有点蒙，半晌无语，这才记起他的家在北京，想不到与他分别会是这样的方式。

就是在那时我懂得了一句话："男人的心在哪里，钱就在哪里。"他的工资并不高，大部分花在了我身上，他给我的那些钱，大约就是他全部的积蓄了。

他指着天空对我说："看到天上的星星了吗？它们会把我的话录下来，如果有一天你想听我的声音，抬头看看星空就行了。"

然后他朝着天空大声喊："苏心，我爱你！"

我已泣不成声。

此去经年，我们再未遇见。

记得有一天，我也是和老公吵完架想起了他，那个深深爱过我的男孩子。

我去了我和他曾经一起去的那间咖啡屋，竟然还在，只是装修得几乎认不出了。

隔着玻璃窗，我向里面望去，看到一对年轻的情侣正在低头耳语，我的泪就流了下来。年年岁岁花相似，岁岁年年人不同。

03

席慕蓉说，你年轻时如果爱上一个人，一定要温柔地对待他。

是呀，人和人最宝贵的是缘分，最脆弱的也是缘分，天涯咫尺只是美好的心愿，人一旦错过就很难遇到了。有些人，一转身就是一辈子。在一起时彼此善待，哪怕分开，也没有什么遗憾了。

爱情讲究的是缘分与时机，所以在我们的世界，才会有人爱过，有人错过。

有人说世间最珍贵的就是得不到和已失去。佛却说，世间最珍贵的不是"得不到"和"已失去"，而是现在能把握的幸福。

记得当年看电视剧《还珠格格》，有一段情景，让我印象很深——香妃逃走后，乾隆和令妃来到香妃住过的宝月楼，乾隆心心念念着香妃，一副相思入骨的模样。聪明的令妃在旁边温柔地说："皇上，满目山河空念远，不如怜取眼前人。"

乾隆如梦初醒，拥令妃入怀。

问世间情为何物？

一千年过去了，元好问的这一问，还是没有标准答案。

我说其实爱情就是一场修行，对爱无执念才能随喜它的无常。

爱情的模样从来都不是一种。能相呴以湿的，需要太深太深的缘分，更多的只是相忘于江湖。

所以做一个既深情又薄情的人吧，在一起时深情去爱，分开以后就做一个薄情的人，把从前的深情留给眼前人。

那个最值得你永远珍惜的，应该是陪在你身边的人。

而那个爱而不得的他，你和他在说再见那天，就没有什么关系了。

说是"差一点"，其实是差了一个"永远"。

请珍惜当下，当下就是永远。

那些婚外情的真相，有没有人告诉过你

01

我之前写过两篇关于婚外情的文章，一直在重复一个观点：始于心动，终于朋友，一生不越雷池，越过了，就是一地收拾不完的鸡毛。

有读者很气愤地给我留言："两个相爱的人不试一试，岂不是要在心中留下一辈子的遗憾？如果没有激情，平淡的婚姻该怎样继续？"

关于第一个问题，我曾和一位大学老师探讨过，我问他："婚外情有没有好结果？"

他很决绝地说，没有。两个人能够从激情到平淡到厌倦，不互撕分手已是最好的结果，更多的是最后成了仇人。

02

好吧，如果你非要走下去探究一个结果，还是先来看看一位叫美美的女子写给我的信吧。

　　苏心你好：

　　我想和你说说我的故事，希望得到你的指点。

　　几年前我认识了一个人，我和他的孩子在同一所学校，同一个班。我老公在国外上班，一年回家四次。每天接送孩子等待的时间里，慢慢地我们就熟悉了，成了好朋友。

　　今年5月的一天，他值夜班，说约我出去坐坐，正好我妈在家帮我看孩子，我就出门了。我们见面聊了一会儿，他说"我可以抱抱你吗"，我没有拒绝，他就抱着我，很久没有松开。后来我们突破了底线，发生了关系。

　　那天之后，我们单独见面的次数多了，我有事找他，他会第一时间跑来帮我。他休息的时候会送我去上班，我病了他会陪我去看医生。

　　上个月他老婆问他，看到他送一个女的上班，那是谁，他没有扯到我身上，一直否认，再后来他们之间闹起了离婚。

　　其间我一直劝他，为了孩子好好过吧。可最终他们还是离了。他说现在就等我了，这让我陷入了混乱，我老公很爱我，我并不想离婚。

　　让我对他彻底改变看法，是因为他的一句话。

　　11月4日，我的孩子发烧。他约我出去吃中午饭，我说孩子病了出不去，他纠缠很久，说如果我不出去，就把我们的事告诉我妈和所有人。这句话让我彻底愤怒了，我提出了分开，要彻底跟他分开，他就开始道歉，我拉黑了他的电话、微信等所有联系方式。

11月6日，他把我堵在了我单位的门口，硬生生地拽走了我，说要跟我谈谈。他拿走了我的手机，不让我打电话，也不让我接电话。他让我继续跟他保持关系，我没同意，那一刻我甚至不想多看他一眼。

我妈一上午找不到我，报了警。警察问了情况，说不能立案，我以为一切就这样结束了。

第二天下午，我收到我老公发来的截屏，他竟然把我们的事告诉了我老公。我解释说他喜欢我，并没有承认我们发生过关系。或许我老公猜到了，不过最终他选择原谅我，只是说让我和他之间永远不要再有任何联系。

现在我只想回归平静的生活，可他这个状态，我到底该怎么办呢？

03

你看，上面这个故事是不是很眼熟，有点像你身边的故事？婚外情该何去何从，永远是比婚外情本身更难诠释的命题。

婚外情有时就像潘多拉那个盒子一样，你非要抱着好奇心去打开看个究竟，更多的是不再有遗憾，却多了悔不当初。

上周朋友晶晶请我吃饭，我到了约定地点后，发现还有一个四十多岁的陌生男人。我一脸蒙地看着晶晶，她笑笑说："这位是吴刚大哥，我给你打电话时，他正在我的办公室，就一起来了。"

吴刚，我在心里默默念了一遍这个名字，一下子想起来他是一家公司的老总，十年前一场轰轰烈烈的离婚大戏让他一下子名声大噪。

他和现任夫人是同学，也是初恋，不知当初什么样的原因没有走到一起，而是各自成了家。或许是都没有真正放下这段感情，在孩子六七岁时，两个人偷偷摸摸地走到了一起。

可纸包不住火，吴刚的老婆没多久就发现了猫腻，一气之下告到了他们领导那儿，一时间弄得满城风雨，吴刚受不了同事们的指指点点，辞了职。

两个本来没打算离婚的人，闹到了这个份儿上，不离也不行了。

一对旧日恋人走过万水千山，终成眷属。

后来吴刚自己成立了公司，这些年将公司经营得还不错。

对他我只闻其名，今日见了本尊，不由得想，一会儿定要打探一下，看看那个为了爱情付出一切的男人，是否世事无常情有常呢？

04

我们三个人开始吃饭，话题很轻易地就引到了他的爱人身上。我调侃地问："吴大哥请我们吃饭，嫂子要是知道了会不会不高兴呀？"

吴刚皱了皱眉头说："提她干吗？来，喝酒！"

我偷偷冲晶晶做了个鬼脸，她白了我一眼。吴刚兴致很好，一顿饭没住嘴，说了很多话，喝了很多酒。

回去后我给晶晶打电话，问："怎么贸然把他带去？"

晶晶说："没想带着他呀，是生意上的好朋友，我给你打电话时他正好进门，非要跟着，说他请客，我不能一点面子不给吧？唉，他看着挺风光，其实很孤独。他和现任妻子感情不好，两个人经常吵架，他每天都喝得醉醺醺的。但再不幸福也得将就，自己选的路，哭着也要走完。"

我不知道这两个故事能不能让你看到婚外情最后的结局，如果没有，我还知道很多比这还狗血的结局。

我并不是说所有的半路夫妻都没有好结果。生活中有一类半路夫妻是本来不认识，离婚再婚结合的，这一类大多是抱着珍惜的念头去经营下一次婚姻的，能幸福的概率会高得多。

可婚外情离婚不属于这种，在选择新生活的时候，就意味着放弃了原来的人。两个人面对面过日子，揭去浪漫的面纱，柴米油盐的砝码会越来越大，便会时常在心里衡量以前和现在，哪一种生活才是自己想要的。

如果有一点小委屈，难免会把过错归于对方，很容易心生恨意："我当初为了你，现在却这样。"这样的两个人，想把婚姻经营好需要付出更多的努力、忍耐还有智慧。

05

关于第二个问题，如果没有激情，平淡的婚姻该怎样继续?

或许一生太长，爱一个人太难，在配偶之外又有了情愫也属于人之常情。有些遇见注定就是露水沾衣，如果让它定格在初见的美好那里，这份感情会在你的生命中长成一颗珍珠，熠熠生辉。

而没有激情维护的婚姻皆是绚烂至极后归于平淡，这个规则，谁也打破不了。

没错，起初疯狂的你们爱得轰轰烈烈，爱得荡气回肠，但到最后都是多年夫妻成兄弟，恩大于爱，义大于情，一起经历庸俗日常。

此时你会发现，平平淡淡才是婚姻的常态，当然也是最温暖的底色。

电影《面纱》里有句台词："当爱和责任合二为一，恩典便与你同在。"

收起你的如履薄冰，世界需要你勇敢前行

01

春天的时候，文友 W 在微信上小心翼翼地和我说："姐，我想给你的微信公众号投稿，你看行吗？"

那时我的公众号还没有日更，一周只推送两三次，我拒绝了她："我只发原创的，以后要是需要，我再找你要好吗？"其实只是一句客套话，就像那句"改天请你吃饭"一样，不过是推托之词。

后来我的平台日更，也便开始征稿，W 看到后给我投了稿。说真的，她前面给我的那几篇，实在有些清浅，但她的文笔不错，我虽然没有用，却一直期待着她能投来更优质的文字。

大约有两个月的时间，她都没有给我投稿，我有点纳闷，主动找她问："怎么不给我投稿了呢？"她发来一段语音，声音很腼腆："姐，我写得不好，老是给你投稿怕打扰你，你那么忙，我不好意思浪费你的时间。"

我笑："没关系，我是很忙，可能有时不一定随时回复每条信息，但我都会看的。以后感觉不错的稿子，你就大胆甩过来，有合适的我会告诉你开白名单，不打扰我的。"

她开心地答应了。

后来她经常把自己觉得有感觉的稿子给我发过来，有时我会回复一个笑脸，有时忙就忘了回复，但几篇不错的稿子我都用了，阅读数据也不错。

几天前，她的一篇文章被很多大平台转载了，成了爆文。她非常激动，过来和我分享她的欢喜："姐，谢谢你，你是我开公众号以来的第一个贵人，要不是遇到你，我不一定会这么坚持。"

我发过去一个拥抱的表情，告诉她："用心写下去，勇敢投出去，你会越来越棒。"

02

女儿上幼儿园中班的时候，一次防疫站的工作人员去幼儿园给小朋友们打疫苗。

孩子们都捂着脸往后躲，老师在前面鼓励："哪位小朋友第一个上来？老师给他发一颗小星星。"孩子们谁都不肯向前走一步。

老师看着我的女儿说："你是最勇敢的宝宝，给大家带个头好不好？"

女儿硬着头皮第一个上去打了针，小朋友们看她没哭还笑，就问她疼不疼，女儿说一点都不疼，孩子们纷纷上前打针，很快一个班级就打完了，而且没有一个孩子哭。

放学的时候我去接女儿，女儿脑门儿上贴着一颗小星星，是老师鼓励她的奖品。女儿和我说了今天打针的事，搂着我的脖子大哭："妈妈，我好害怕的，我一点都不勇敢。"

女儿这点随我，哪怕心里怕得要命，也总是装作坚强的样子。

我鼓励她："宝贝，这一次你害怕，下一次再打针你还会害怕吗？"

女儿摇摇头："不会了。"我笑着说："对，勇敢些，没什么大不了的，都是纸老虎。"

女儿上小学四年级时，已没了小时候的小心翼翼，非常自信，成绩也好，同学们选了她当班长。

一次我和他们幼儿园的老师聊天，说起她当班长的事，那位老师都不敢相信，当初那么胆小的一个小女孩，在班上竟然有这么高的威望。

03

昨天快下班时，我和同事望着外面渐长的天光感慨："一个轮回又开始了！"

而这一年，我在干吗呢？

这一年，我写过很多文字。每一篇都像我的孩子，我辛苦地"怀孕""分娩"，看着它们一个个走出去。

我写过很多人、很多事、很多努力、很多坚持、很多泪水、很多欢笑。那些行行重行行的彷徨，那些莫名其妙的无助，那些如履薄冰的小心翼翼，其实都是我自己的。

每次这些文字推送后，我都惶恐不安，怕它们被嫌弃。

可是并没有。

岁末，我的平台的读者早就突破了二十万；我的文字，被几千个平台转载。这一年，我的文字上了十六次人民日报微信、九次夜读、七次荐读，其中一篇文章，破了"夜读"当日点赞和阅读纪录。

每每看到我的文字在那些大平台上刊发，我都会给自己打气：你行。

年末我签了自己的第一本书，明年上市。我知道我还会签第二本、第三本……我会一直一直写下去，文字已成为我淡定从容的最大底气。

我用力拥抱、用心热爱每一寸时光，这些时光真实地被我拥有，看得见、摸得着。

每一个夜晚，我都愉快地入睡；每一个清晨，我都有所期待地醒来。尽管已经活了好多年，我却分明感觉生命刚刚开始。

是的，怕什么？进一寸有一寸的欢喜。我的心依旧柔软，却有力量。

收起你的小心翼翼，收起你的如履薄冰，收起你的战战兢兢，这个世界不需要左顾右盼，只需要你勇敢前行。

幸福永远在行走的路上。

用坚实的脚步，山一程水一程地走下去，一切都会变成你想要的模样。

走着走着，花就开了。

生就罗敷貌，也需七彩衣

01

刚参加工作那年的冬天，我接连买了五件大衣。

好容易从"伸手族"到"挣钱族"，终于可以没有愧疚感地花钱了，我有种穷人乍富的心理，恨不得把喜欢的新衣服都买下。

妈妈一辈子省吃俭用，对我却格外大方，每次我买回大衣穿给她看，她都会笑眯眯地说好看，鼓励我多买新衣服。

妈妈这种行为，我认为是她老人家对女儿的溺爱，毕竟我都没见她大大方方地给自己买过几件像样的衣服。

等我经历了一些世事后，我明白了妈妈这不仅仅是爱，还有对女儿未来的期待。

穿新衣这事还能和未来扯一块儿？

能。

02

上高中时，我们班有个妹子有很多衣服，一天一套换着穿，显得特别扎眼。同桌阿荣曾酸溜溜地和我说，看她每天打扮得花枝招展，多肤浅。

其实阿荣长得也挺漂亮，就是不爱打扮，她好像一年四季不换衣服似的，总是一副灰蒙蒙的样子。她端庄有余而妩媚不足，是男生看了会心生敬意却不想勾搭的那种女生。

她的口头禅是："能省就省吧，我妈妈说了，省的就是挣的。"

这些调调听起来显得那么老气横秋，使她看上去像比她的实际年龄大二十岁。

后来她高考落榜没有复读，说太费钱，不如早点上班挣钱。

我们自此分开，一别经年。

两个月前，我去一家新开的商场买衣服。

一个女人推着电动垃圾清扫车从远处走过来，边走边说："请让一下，小心碰着您，谢谢配合。"

听声音有些熟悉，我抬眼看去，竟然是——阿荣。

我吃了一惊。听说阿荣高中毕业后去了一家化工企业，当了四班三运转的工人。上次同学会她没有参加，有人提起她，说他们单位效益不好，她好像失业了，想不到在这儿遇见。

阿荣分明也看到了我，我们瞬间对视后，她却迅速低下头走过去。本打算和她打招呼的我，尴尬又错愕地站在那里，一时不知所措。

我想她应该是不愿让我看到她的窘境吧。怕再次遇到，我赶紧换了楼层。

回家的路上，我心里有些酸楚，曾经的同班同学相见竟然装作不相识。我从未小瞧过任何职业、任何人，可她自己心里过不去这道坎。

晚上我和同学燕子聊起阿荣，燕子说，阿荣这些年在企业里一直干单一重复的工作，也没有什么技能。她几年前就离了婚，据说老公在外面有了人，她带着孩子过，也没再嫁。

我问："她还年轻，难道想孤独终老？"

燕子叹了一口气："她这些年就会一个'省'，把自己弄得比大妈还大妈。男人都是视觉动物，就算有想和她过日子的，也是条件很差的，她宁可单身也不愿再找个负累。"

我无言以对。

03

其实我当初那个爱打扮的同学也没考上大学，但凭着时尚的外表，成功吸引了一个富二代。婚后她自己掏钱上了一所财会培训学校，拿了会计证，去了阿荣所在的那家企业做财务工作。

三年前她辞职离开了那个半死不活的单位，继续进修，现在在一家会计师事务所上班。我经常在路上看到她，开着一辆红色的保时捷，整个人光彩照人，与阿荣的灰头土脸比起来，真是天壤之别。

而阿荣继续贯彻一贯的省钱思维，舍不得投资、提升自己，又没有什么技能，赤手空拳地出来谋生，自然只能从事最基本的体力工作。

我是做 HR 的，假如素不相识，阿荣来应聘，我也会觉得她很适合目前这个岗位。

04

曾经有人好奇地问我："苏心姐，你怎么每天都穿得那么精致呀？"

为什么？

因为穿着得体可以让我自信心倍增，可以让我在人群中更出众。

王尔德说："不在乎外表的人才是肤浅的。"

这是一个两分钟的世界，你只有一分钟展示你是谁，另一分钟让别人喜欢你，只有留给别人好的第一印象，你才能开始第二步。

很多机会来自被欣赏。沉着自如、优雅得体的形象，有时能为你打开一扇走向更高处的大门，可以让你实现个人价值的最大化，有更好的收入。

而钱是一个人最大的底气。

我尊重但并不崇尚安贫乐道的价值观。我怕丑，怕没有尊严地生存，怕没有自由空间地生活，怕身在闹市无人问。这些大部分可以靠钱来帮我解决。

我需要提升自己时，可以辞掉工作去进修，而不用担心明天的早餐在哪里；我可以不必为了捉襟见肘的生活，饥不择食地做自己不喜欢的工作，可以不必在一段无爱的婚姻里忍气吞声、委屈自己。

现在我终于明白了母亲的苦心，她老人家虽然一辈子拘囿于家庭，但那只是时代的原因。

　　我外婆出身富足家庭，上过学，有见识。她婚后再穷也没穷孩子，母亲兄弟姐妹五人，外婆都是力所能及地供他们上学。母亲在出嫁前读过很多书，去过很多地方，见过很多世面。她知道，只知道省钱的女人是没有未来的。

　　是的。

　　这是个拼颜值的世界，也是个拼内涵的世界。

　　亲爱的，别再省、省、省了，或许你省掉的就是你人生中最精彩的部分、最华丽的篇章。

　　你省了钱，不打扮自己，粗糙的外表会吓跑王子，走到你面前的，更多的只是青蛙；你省了钱，过着打折的日子，穿着过时的衣服，用着低廉的化妆品，没有人领情，还会失去对老公的吸引力；你省了钱，放弃用知识武装自己，你的脚步就会停滞或者后退，被时代的浪潮远远抛在后面，你的一生，又怎会活得神采飞扬？

　　生就罗敷貌，也需七彩衣。

　　去追逐美好的自己吧，这样你才能活出明媚的人生。

去年的你，已经配不上今年的我了

01

"苏姐，很冒昧打给您，我，我赵刚啊……"

上周叶子的前男友赵刚给我打来电话，顾左右而言他，吞吞吐吐了半天，原来是想和叶子重续旧情，让我给说几句好话。

叶子是我以前的邻居，她特别宅，几乎没有什么朋友。她有心事就会跑来和我说。

她那个男友是她大学时的同学，一毕业就进了一家公司，工作很努力。在几个商务场合，我们还打过交道。

叶子是家里的独生女，父母都是公务员，就这一个女儿，对她特别宠爱。她大学毕业不急于工作，父母也顺着她，说现在都流行"慢就业"，等有了喜欢的工作再说。

可叶子的男朋友急呀，总在嘴边磨叽的一句话是："一个女人，总不能一直啃老吧？结婚以后还要生儿育女，靠我一个人养一大家子人呀？"

在赵刚明说暗示了无数次之后，叶子仍然没有行动，依旧是日上三竿才起，星光暗透才眠，过着晨昏颠倒的日子。

一年前，赵刚等不及了，和叶子提出了分手。

任凭叶子苦苦哀求，他都决绝地不再回头。他说："现在生存压力这么大，我不敢想象以后独自承担养家重任的局面，我需要的是一个战友，而不是一个全职太太。"

那段时间叶子的情绪非常低落，毕竟两人谈了几年恋爱，感情还是挺深的。赵刚的离开对她打击很大，她对我说："姐，我一定要争口气，活出个样子来让他看看。"

02

一个月内，她陆续给几家公司投了简历，焦急地等待着结果，却迟迟没有回音。理想很丰满，现实很骨感。

三个月后，终于有一家公司因为叶子文笔流畅录用了她，安排她到市场部做文案。

叶子是中文专业毕业的，平时又阅读了大量书籍，这个岗位对她来说很适合。她也很珍惜这次机会，努力做好每一次文案。

他们公司的新品发布都是她写的文案，新颖的推广创意和精美的产品相得益彰，市场反响很棒。

年底时，叶子收到公司财务部发的一个大红包，工资也翻了倍。更重要的是，经过一年的努力，她在业内已然小有名气。

几家猎头公司出高薪挖她，当初她投过简历的一家公司竟然在一年后给她发来这样的邀请函："去年您曾经给我公司投过简历，由于岗位一直没有空缺，抱歉到现在才给您回复，希望您能来我们公司报到。"

那天晚上我约了叶子去咖啡店叙旧，顺便和她说赵刚的事。叶子呵呵了两声："姐，他找过我几次了，我没搭理他。当初他甩了我，现在又来找我，他想怎样就怎样呀？"

她又和我说了那家公司发邀请函的事，我问她："你怎么回复的呢？"叶子一脸傲娇地说："我给赵刚和这家公司回复了同一句话：'去年的你，已经配不上今年的我了！'"

我俩哈哈大笑。叶子的脸上闪烁着自信的光芒，那个样子，简直美呆了。

03

我想起前段时间一名读者给我的留言："苏心，关注你很久了，真心希望你能给我一点建议。

"我是一个全职太太，老公想和我离婚，他说对我没感情了。我们认识十年了，结婚四年，孩子两岁半。我非常爱他，想和他一起生活，可他很坚决地想和我离婚。现在我和他说话他都不愿搭理我，我们已经有一年没有夫妻生活了，即使我主动，他也拒绝我。我不懂，我温柔、听话、贤惠，可他依然想和我离婚，我不知道怎么做他才能开心，才能让他的心回归家庭。我希望他能对我好一点，和我说说话也好呀，我想要一个完整的家，我到底该怎么做呀？"

我没有即刻回复她。因为我不愿说一些言不由衷的安慰话，也不想说一些让她伤心的话。我只能叹息一声，哀其不幸，恨其不争。

她一再放低自己，低到尘埃里，把自己弄得灰头土脸，根本没有用。为什么不走出来，让自己变得有价值呢？

在我们这个国度里，全职太太算得上是高危职业。如果女人总想着嫁个男人就岁月静好，不再去努力提高自己，或早或晚，危机一定埋伏在命运的某个路口。

当你花着自己挣来的钱，有自己的事业，活出精气神儿的时候，你给他端杯水，他都会受宠若惊。

04

才华横溢的女子刘索拉，离婚后，她前夫反悔想和她复婚，她很跩地说："到后面排队去！"那场景，想想就提气。

很多时候，女人总是期期艾艾，梦想着有白马王子驾着七彩祥云来解救自己。其实哪儿有什么白马王子，就算有，人家也奔着公主去了，谁会注意一个没有南瓜马车、没有水晶鞋的灰姑娘？

不要去追一匹马，而要种植自己的草原。当你碧草青青，春色满园时，还愁没有白马出现吗?

　　不努力的姑娘没人爱，永远有一颗奋斗的心，才是获得爱情和事业的制胜法宝。

　　努力是一件非常有价值的事，它会让你生出不惧怕命运的勇气；会让你一程又一程的生命旅途精彩纷呈；会让你有更多选择，骄傲地说"去年的你，已经配不上今年的我了"；会让那个更好的你，遇见更好的他，一起把酒祝东风，携手走天涯。

当你爱上了读书，生命就会变得美好而悠长

01

上个周末，我在超市买东西，排队等待结账时，发现前面的人是我多年未见面的老领导。

我小声地和他打招呼，他回过头来看到我，一脸又惊又喜："苏心，是你呀，这么多年没见你，怎么和你刚上班时没多大变化呢？"

我笑："这就是传说中的'天山童姥'呀。"

他说："不，是书中自有颜如玉，你爱读书，看来书真是最好的化妆品呀。"

这位老领导，是我刚上班时的单位一把手，我当时的工作是办公室文秘，兼职为一把手打杂。领导和我有一个共同的爱好——看书，很快我们就成了书友，经常在一起交流读书心得。同事们都说我厉害，那么严厉的一个领导，我竟然和他成了忘年交。

只是这份友谊并没有维持多久，半年后他就被调走了。虽然在

一座城市，这么多年我们却是第一次遇见。

结完账，我俩在旁边的咖啡店聊天。

老领导说，自己已经退休两年了，正好把过去没有时间读的那些藏书一本本读完，还有很多好书也要重新读一遍。旧书不厌百回读，熟读深思子自知。在书中，他看到了更宽广的世界、更智慧的人生。

我问："您一直是单位的一把手，退下来之后没有失落感吗，没感到无聊和寂寞吗？"

他一脸从容："没有呀，我只觉得时间太少，根本不够用，一本书看不了多少一天就过去了。晚上我和老伴看看电视，再去散散步，从来没觉得无聊过。"

02

他的话让我想起我们小区里一位退休的阿姨。

据说她原来也是某单位的一把手，是非常强势的一个女人，只听得进恭维的话。在任时，每天她身边都围着一群马屁精，正直的人都离她远远的。她一退休，家里就由门庭若市变成了门可罗雀。

她气得整天骂街，说原来围着她转的那些人是白眼狼，没有良心。不久后她得了病，脖子上长了一个很大的肿瘤，回头都困难。她在医院治疗了一段时间，情况并没有什么好转，医生说她太爱生气，这样对治病很不利。

她一怒之下出院，说不治了。有段时间我经常在小区看到她，脖子上的肿瘤让她原本就很凌厉的面容显得更加狰狞可怕。她的嘴里总是嘟嘟囔囔，似乎在骂街。孩子们见了她，都躲得远远的。

几个月后，小区里不见了她的身影，听说已经去世了。

其实我们身边这样的例子并不少见，很多人从单位退休后，尤其是位高权重的人，一时从繁华的世界跌落到清冷的世界，因种种不适应，很容易得"退休病"。

而像我那老领导这样的老人，因为保留着爱读书的习惯，那颗被书香氤氲过的心会淡定而有序，自然就把这些病屏蔽到了三舍以外。

书在这个时候起到的作用，何尝不是一剂良药？

03

我小的时候，父母为了让我把精力和时间都用在学习上，很少让我看电视。

那时候的电视只有有限的几个频道，也很少有什么精彩的节目值得迷恋。我至今唯一记住的，就是当时追过的一部动画片，叫《恐龙特级克赛号》，直到现在，里面那句"人间大炮一级准备，人间大炮二级准备，人间大炮，发射"的台词，我依然记忆犹新。

扯远了。

就是在这种背景下，我把精力都用在了看课外书上。从小人书到各种杂志，到金庸、古龙、梁羽生、琼瑶、亦舒、三毛等作家的作品，只要不是枯燥的教科书，我都会饶有兴趣地读完。

那时因为我沉迷于这些闲书，妈妈非常生气，每天晚上盯着我写作业，写完就催促我睡觉。我就假装听话，把灯关了静静地听着，等到妈妈那屋安静下来，我便拿一支手电筒，在被窝里偷偷看课外书。

那些年我最大的收获，便是养成了爱读书的习惯。

宋代诗人黄庭坚说，三日不读，便觉言语无味，面目可憎。我是一天不看书，就感觉少了点什么，一天不写字，心里就空落落的。

而我是一个内心很脆弱的人，稍不留神儿，就会陷入绝望。可当我在一本书中徜徉时，所有的烦忧都不见了，仿佛世界只剩下了我一人。那些书无数次把我从无端烦乱的情绪中打捞出来，让我保持心灵澄净。

多年后那些我看过的书，就像走过了桐花万里丹山路，终于化作今日这份淡定与宁静。

早岁读书无甚解，晚来写字有奇功。

如今当我坐在电脑前写作时，那些曾经读过的书，如彩蝶般翩翩飞来，幻化成一篇篇美文，呈现在万千读者面前。

三毛说："读书多了，容颜自然改变，许多时候，自己可能以为许多看过的书籍都成了过眼云烟，不复记忆，其实它们仍是潜在的。在气质里，在谈吐上，在胸襟的无涯，当然也可能显露在生活和文字里。"

是的，当你退到一卷卷书里，生活会变得风情万种，生命会散发出阵阵幽香，长出兰，长出莲。

当你爱上了读书，你的生命就会变得美好而悠长。

最贵是人品

01

我把 W 拉黑了。

是的，拉黑。电话、微信、QQ 通通拉黑。

那年在一次笔会上，很多人如众星捧月般围着一位五十多岁的男人。我向身边的人打听他是谁，他们说是作家 W。W 的名字，我早就听说过无数次了，心底顿时暗生仰慕之情。

吃饭时 W 竟然和我是邻座，我小心翼翼地做了自我介绍，想不到 W 非常热情，说看过我的文字，特别喜欢我的写作风格。

这种夸奖是最容易让我兴奋的，就像夸自己养的孩子好那种感觉，比夸我漂亮还有效。刹那间，我对 W 的好感指数增加了三颗星。

我们边吃边聊，一顿饭下来，俨然多年的好友般，谈得非常投机。

后来我经常在微信上向 W 请教问题，他会不厌其烦地回答。有时，我发了文章，他会和我说一下不足之处。毕竟写作多年，他每次提出的建议都很有建设性。我都想带着礼物上门，正式拜他为师了。

那天 W 在微信上和我说："我在交汽车保险，手头的钱不够，有一张存折还差十天到期，如果提前取，利息就没了，你能不能先转一些钱给我？"

我没有犹豫就同意了，一是基于对 W 一直以来的尊重，二是数额在我可以接受的范围内，我当即给他微信转账。

半个月后，我想起 W 说过存折十天到期就还钱的话，去微信找他，结果发现他竟然把我删除了。我有点蒙，不是没想到过这种万里有一的情况，想不到的是一念成真。

我拨通他的手机号，他倒是没有把我拉黑，只是我打了无数遍电话都无人接听。我只好去 QQ 给他留言，问他什么时候还钱。几天过去，他没有回复。我再留言，还是没有收到回音。我知道，肯定是被 W 放鸽子了。

W 很聪明，对人性了如指掌，一定认为相隔千里，我不会为了那点钱找上门，更不会浪费精力打什么官司。可他的信用额度在我这里一下子用光了。

莫言说："尽管一时的虚情假意，也能抚慰人、陶醉人，但终会留下搪塞的痛、敷衍的伤。有的人，注定是给你上课的。"

呵呵，W 就这样给我上了一课，从此山高水长，遥遥不再相望。

02

去年公司技术总工退休后，老总一直想从几位技术骨干中提拔一位上来。有资格竞争的人大都挖空心思和公司关键性人物拉关系，这个位置薪资待遇仅低于总经理，谁不想百尺竿头更进一步呀？

总经理办公时，我拿着几份技术骨干的资料一一介绍，最后老总拍板决定，任命L为公司技术总工。

这个结果有一些出乎大家的意料。L一直在车间担任技术指导，平时就像个闷葫芦，很少说话，只低头做事。在这次竞争中，几位副总推荐了技术总监人选，只有L是人力资源部门根据用人标准推荐的。在大家一脸的疑惑中，老总说了提拔L的原因：

"L的学历算不上高，但他工作很努力，用心学习，常下一线，技术水平绝对可以挑大梁。最重要的一点是他品质好，敬业负责，多次提出并推动产品的改进，为公司创造了可观的利润，却从不邀功。这次竞选，有资格参加的人都使出浑身解数拉票，只有L按部就班地工作，像此事与他无关一般。这种德才兼备的人，不就是我们需要的吗？"

公司的用人原则就是老总制定的：有德有才重用，有德无才培养使用，无德有才慎重使用，无德无才坚决不用。

白岩松说过："人品是最高的学位，德与才的统一才是真正的智慧、真正的人才。"

是的，只有人品和学识相辅相成，才会让一个人走得更高、更远。

03

1920年，徐志摩在英国邂逅了"一身诗意千寻瀑，万古人间四月天"的林徽因。她就像一轮明月、一盏清茶，让徐志摩深深坠入爱河。

这时梁思成也走进了林徽因的生命中。

她在两个男人间难以抉择，既被徐志摩的才情所打动，又为梁思成的体贴而感动。她去征求父亲林长民的意见。林长民正在书房写字，听女儿倾诉了内心的纠结后，提笔在纸上写了一行字："梁，可堪托生死之人。"

林徽因当即懂得了父亲的心意——梁思成是值得托付一生的人。而徐志摩虽然才华横溢，却让人觉得不怎么靠谱。单从他日后离婚时对妻子张幼仪那决绝的态度来看，这个多情的诗人确实不是一个值得信赖的人。

婚后的种种证明林徽因的选择是正确的。梁思成用一生包容、尊重、宠爱林徽因，让她在婚姻中活得肆意飞扬。

是呀，所有的关系，无论是友情还是爱情，最终拼的都是内在的品质，再多的套路也比不过"赤诚"二字。

人品是一个人最硬的底牌。人品的好和坏，决定了一生的成就。

品质好的人，无论走到哪里都像自带光芒，在人群中熠熠生辉，纵使不争不抢，也总会有贵人相助，一生顺遂。

走过浮生万里路，人与人之间无论始于什么，都只会终于人品。

人生最贵是人品。

聪明的人，从不纠缠

我的助理琳琳，这几天显得很郁闷。

我问她有什么心事，她生气地和我说："姐，海外事业部那个女的又在背后说我坏话，气死我了，你说我要不要去找她撕一把？"

我问："你最近不是在接受培训吗？月底的考试有把握通过吗？给我做的PPT做完了吗？"

琳琳不好意思地小声说："没呢。"

我接着说："她呀，在咱们公司算是年龄最大的女员工了，可职位一直升不上去，心里怨气滔天，看谁都不顺眼，她曾经还当着我的面指桑骂槐呢。我才不想搭理这茬儿，我们是有目标的，要努力往前走，和她纠缠多亏呀。"

琳琳笑："嗯嗯，明白了，您是不让我理这些烂事对吧，我滚去干活儿了。"

其实这些年，我遇到过很多莫名其妙的诋毁，你根本没有招惹那人，他却在背后对你各种中伤。开始的时候我也生气，可后来发现，凡是这样的人，大多活得不怎么顺畅，他们不过是用这种方式来遮挡自身的无力感，给自己找一些心理平衡。

如果你和他撕扯，不仅样子难看，还会浪费很多精力和时间，这正是他希望的：反正我就这样了，把你也拉着动不了。

此时你要是和他纠缠，你就输了，不计较才是最好的蔑视。

02

我的邻居 Z 是一家房地产公司的中层管理人员，两年前在裁员时被裁掉了。按说老员工不应该在被裁之列，估计是 Z 得罪了哪位上司。Z 气得工作也不交接，跳脚大骂："我一定要报复！"

果真，这位大哥死死缠着公司打了两年的官司，据说还没了结。公司有专门的法务部门负责这事，拖再久也无所谓，最多就是花点钱。而四十多岁的 Z 就不一样了，眼看着人生的黄金年龄白白消耗在无谓的纠缠上。

如果他只有二十多岁，虚度两年，大不了翻盘重来。可是四十几岁就不一样了，哪里耗得起？两年对一个年近五十岁在职场上打拼的人意味着什么，应该是不言而喻的。

相比起 Z，我的朋友 H 就聪明得多。

H 是一位职业经理人，三年前被一家公司聘任为总经理。怎知老板处处限制他的权力，他的工作无法开展。勉强支撑了半年，H 实在举步维艰，就主动提出辞职。因为是他毁约，所以只拿到了很少的酬劳。

我听说此事后，替他愤懑，让他找董事会讨个说法，不然太亏了。H轻描淡写地说："无所谓，既然打算离开了，就要把精力放在下一站，我才不和他们在这儿虚掷光阴呢。"

不久H又去一家公司当了总经理，一路披荆斩棘，开疆拓土，两年时间让公司的产值和利润都翻了番。如今他们公司在行业内已排在国内前列。

偶尔一次我们在微信上聊天，提起当初，我问他有没有心生报复。

H哈哈大笑："我哪儿有时间报复，忙还忙不过来呢！有空去健身房，不能因为事业毁了身体。媳妇、孩子也要陪吧，再忙也不能忽视家人。还有旅游，你在朋友圈没少看到我旅游的照片吧？报复，开什么国际玩笑，享受生活的时间还不够用，扯那些无聊的事干吗？"

03

或许每个人心里都曾有过报复的怨气。有的是因为前女友（男友），有的是因为前老板，有的是因为无厘头的人。当我们被伤害、被欺骗、被辜负，这些事情真正的意义，只是为了让我们更清楚地看懂一些事、一些人。

而纠缠的过程，只会加剧损失。

女神王菲永远是一副爱谁谁的模样，任凭你说三道四，无谓的废话她从不多说一句。她坦然地经营着自己，就算全世界都是她的流言蜚语，她也不解释、不搭理，只侧身从各种羁绊里穿过，走到自己想去的地方。

风流不在谈锋胜，袖手无言味最长。

所以对那些恶意中伤，沉默是最好的武器，它比爆发更有力量。

《后汉书·郭泰传》记载了"破甑不顾"的故事：郭泰在太原时，有一天看到路上有一个人背着个瓦罐走路，走着走着，这瓦罐突然掉到地上去了，哗啦一声，吓人一跳。谁知那个行路人看也不看一眼，继续走他的路，就像什么事也没有发生一样。

郭泰看了觉得很奇怪，就主动上前问他："为什么自己的瓦罐摔碎了，你看也不看，弃之不顾，继续走路？"那人回答："破都破了，再看还有什么用呢？"郭泰觉得此人谈吐不凡，拿得起放得下，是个奇才，于是劝他进学。书中记载此人叫孟敏，字叔达。孟敏求学十年之后，名闻天下。

是呀，人生需要向前看，要尽快从不良的情绪中解脱出来。与其把精力和时间一味耗费在无益的事上，那还不如用来提升自己呢。

聪明的人，从不纠缠。让自己活得更精彩，才是最智慧的做法。

当你成为最好的自己，一切风生水起时，会看淡很多事，哪怕是当年让你哭的事，现在你想起也会微微一笑。

你有多专注，你就有多自由

01

去年我在一家百货集团公司做社会监督员，无意间看到了他们的工资发放表，发现一件让我特别费解的事：有些最基层的员工，竟然和总经理的基础工资是一样的！

我像发现新大陆一样，问这家公司的一位管理人员，他说："等你了解了这些员工的情况后，你就不会奇怪了。"

带着巨大的好奇，我采访了两位这样的员工。他们来这家公司都已经十年以上了，觉得基层岗位更适合自己，如果把这份工作做到极致，也算得上成功了。我问了好多问题，发现他们对商品的了解堪比专家，重要的是他们对待工作的那份用心和耐心，完全配得上这样的待遇。

我的公众号后台经常会收到一些让我做职业生涯规划的留言。留言的这些人大多刚出校门，参加工作不久，对眼前的工作没有什么兴趣，看不到希望，也看不到未来，感觉非常迷茫。

上个月有一位"211大学"的毕业生，他在一家公司做"码农"，工作了两年，觉得非常乏味，想离开，可问过几家公司，都不如这份工作赚钱多，就一天天煎熬似的度日。他问我，能不能给他点意见，他下一步该何去何从？

向我咨询职业生涯规划的，大多是这种内心没有方向的年轻人。

我给的意见大致相同，就是把手头的工作做好，让自己一点点变值钱，如果实在不喜欢，就换一份有兴趣的工作，毕竟兴趣是最好的老师，它能让你把一份普通的工作做成事业。

但无论做什么工作都要专注，最忌今天干这个，明天又跑去干那个，到最后什么都没做成。

02

我有一位在农村的亲戚，二十岁时来城里打工，那时我还在上学呢，就见他老是往我家跑，让我父亲给他找工作。开始的时候，我父亲给他找了一个工厂的机械加工方面的工作，想让他学门手艺，结婚后也好养家糊口。

可是他干了没几个月就不愿干了，说太累，也没意思，每天就对着一堆铁，特无聊。父亲没有办法，只得又求人给他找工作，这次找了个干电焊的活儿。送他去上班时，父亲说："好好干，干好了以后不打工了，自己揽活儿也能养家糊口。"但那位亲戚没干多久又辞职了，说又脏又累，钱挣得也不多。父亲气得不愿再管他。

他最大的本事就是能软磨硬泡，这个亲戚不理他了，他就去下一家求人家帮忙给他找工作。就那样，他这儿干几天，那儿干几天，手艺没学到，钱也没挣到。父亲退休后，他就很少来我们家了。

两年前我陪父亲回老家见过这位亲戚一面，花白的头发下面一脸皱纹，和父亲唠叨："唉，在城里打了半辈子工，也没挣到钱，还不如我侄子呢，在城里打了五年工就买了车。"

父亲说："你要是一份工作干下去，你在城里买房子都没问题，别说车了。你自己没常性，干什么都三分钟热度，这么多年一样拿手的技术都没有，你怎么能挣到钱？"

亲戚不说话了。

是呀，不管从事什么职业，都要有一年的学徒期、两年的生存期、三年的职业期，最后再步入事业期。一旦认定某个行业，一开始就该坚持下去，半途而废只会让我们停留在生存期，然后不断降低自己的要求，最终一事无成。

同样的工作，有人成了翘楚，有人成了逃兵，有人终成大器，有人一事无成。

03

我曾经听过一个大 V 讲课，他说："一定要记住一万小时定律，如果你在一个领域里的努力时间没有达到一万小时，那么你的成绩也不会出彩。你要做的是找到自己感兴趣的领域，努力把事情做到极致，成功就会水到渠成。"

嗯，优秀的人之所以成功，都是因为要求自己做到极致。

当年柴静采访周星驰时其实是做了两次采访。第一次采访结束，星爷回去以后，感觉在采访时，自己的普通话说得不好，让助理心急火燎地联系到柴静，希望能重新采访一次。他苦练了一个星期的普通话才重新做采访，也才有了那个完美的视频。

其实人一旦习惯凑合，这辈子可能就只会有一个退而求其次的人生了；而如果习惯了优秀，生命就会从此不同。

当年二十七岁的诗人里尔克应聘去给六十二岁的画家、雕塑大师罗丹当助理，在初出茅庐的诗人的猜想中，名满天下的罗丹一定过着十分浪漫、疯狂、与众不同的生活。

然而里尔克看到的真实景象与想象中的大相径庭，罗丹竟是一个整天孤独地埋头于画室的老人，专心地工作，除了工作，还是工作。

后来里尔克说过一句很有名的话："人若愿意的话，何不以悠悠之生，立一技之长，而贞静自守？"

他说的，何尝不是罗丹？

与众不同的东西，往往在制造的过程中就是一遍又一遍地重复，虽然枯燥，却可以让你过上自己想要的生活。

是的。

你有多专注，你就有多优秀，你也就有多自由。

我很忙，没空和你生气

01

昨天下班后，我和朋友在咖啡店谈约稿的事。

我的助理琳琳从微信上发来一串语音，大意是 L 又跑去领导那儿说我坏话，被琳琳给听到了。

她特别气愤，让我去找 L 吵一架，不然一次次忍让，L 会以为我好欺负。我只听了一条就关掉了，继续和朋友聊天。朋友也听到了琳琳的话，问我："有人打你的小报告，你不生气吗？怎么这么淡定？"

我呵呵："L 不是第一次在背后黑我了，还不是女人与女人之间的那点忌妒心？然而并没有什么用，既伤害不到我，又降低了她自己的人格。我每天上班、写作，谈各种合作，哪一件事都比生气重要，我才没时间和她计较呢。我和你也不能聊太久了，还有一个文案等着定稿。"其实我也不是天生这么理智，是吃过亏才总结出来的教训。

02

几年前我还在市场部，接到一份投标邀请函，是一个很大的单子，两天后开标。我把细则发给总经理，他召集有关部门负责人紧急开会，要求大家在最短的时间内拿出方案，做出标书去竞标。

不到一天，各部门就把自己负责的部分发给了我。接下来的事，就是我把这些资料一项项整理好，做成一份完美的标书。就在前一天的碰头会上，L竟然对我做好这份标书的能力提出怀疑，好在总经理示意她打住，说我没有问题，让我连夜赶出来，第二天去投标。

可我当时被L气得完全失去了理智，恨不得当场和她大吵一架。强忍着怒火，我简单吃了点饭，就坐在电脑前做标书。

我脑子里想的却是L的话，心里不由得越想越生气。几十页的文本，我做到下半夜勉强弄好，眼睛都睁不开了，没有检查就封了标书。

那次投标我没有参加，是总经理带着助理去的。我忐忑不安地把标书交给了总助，让他有事给我打电话。

那天我根本无心上班，只想着投标现场，毕竟那份标书我都没检查，真怕关键地方出错。

真是怕啥来啥，上午十一点钟，我的手机响了一下，来了一条信息，是总助发来的："怎么那么多纰漏，老总气得脸都绿了，估计这次我们中不了标了！"

我的脑袋嗡的一声，心想：完了，这些年老总一直栽培我，上个月还说要提拔我，现在估计黄了。这个倒还不必太纠结，重要的是，我努力经营了多年的好形象一下子破灭，再挽回太难了。

我开始懊恼地想：要是不受L的影响，不就没有这事了吗？这下好了，正好达到了她的目的，我真是愚蠢。

吃一堑，长一智。生气解决不了任何问题，却能把你拖入泥潭，让你难以爬出。

03

生活中越是优秀的人，越是容易被人羡慕、忌妒、恨。

我有一位作家朋友，曾经在一个很清闲的单位工作，因为她努力又积极，受到过很多人的冷嘲热讽。

她说自己也不是不生气，但心里想着自己的梦想，真是没有时间去计较这些好事者之言。

后来她因为文笔出色，被调到一个文化部门工作，这些年，她出书、讲课，出席各种活动，在他们那座城市风光无限。

她当年的同事们已鲜见说三道四的，提起她时，更多的是说与她关系多么多么密切。

朋友说，这世界有时很滑稽，有些人出现在你的生命中，似乎就是专程给你添堵的。你不要被他牵扯太多精力，你需要做的是让他尽快淡出你的人生。对方看不得你好，是因为他自觉你们处在一个层面上。

比如有人忌妒你好看，但不会忌妒那些明星；你开辆奥拓他们看不惯，别人开辆奥迪他们觉得人家有实力。够不着的去崇拜，够得着的才忌妒。

而忌妒是有射程的，当你变得越来越好时，不在他的射程之内，他就不会忌妒了。

是呀，你弱的时候坏人最多，如果你一个个去和他们撕，你哪里还有时间来提升自己？

04

西汉著名将领韩信从小勤奋读书，学习武艺。秦朝末年，他听说刘邦起义了，就腰悬佩剑，准备离开故乡去投靠刘邦。

没想到韩信刚刚走到街头，便碰上了一个无赖，截住他说："看你佩着剑神气的样子，你一定是个大将军了？呸，我看你就是个胆小鬼，你敢杀了我吗？你要是不敢，就从我胯下钻过去。"

围观的人都哈哈大笑，韩信怒火中烧，把手放在剑柄上。但他突然想起自己的使命：如果自己杀死这个无赖，就一定会被判重刑，自己因为他毁了大好前途实在不值得。于是韩信弯下身子，从那个无赖的两腿之间钻了过去，然后起身，大踏步从军去了。

如果韩信不甘受胯下之辱，拔剑而起，挺身而斗，杀死那个无赖，他肯定也要被杀头。而他知道自己想要去哪里，所以才不会在无聊的事上有片刻的逗留，终成一代名将。

有人中伤了你，并不是必须去和他撕一把才能出气。对一个人最狠的报复，不是降低自己的格局和他吵架，而是给他一个永远高攀不上的背影。

云淡风轻，是因为底气十足。

人这一生最宝贵的就是时间，要把它用得有价值，要么谋生，要么谋爱，要么用来华丽转身，要是都用在讨厌的人身上，真是亏大了。

叶落要在阶前，月弯要在眉梢。

把时间用在喜欢的人和事上，才好。

月入三万的摊煎饼大妈

01

2017 年 8 月中旬，我的朋友圈几乎被北京一位摊煎饼的大妈那句"我月入三万，还差你一个鸡蛋"给刷了屏。

身边有人调侃："大妈才是白领，我连个领子都没有。"大家都笑了，我没有笑，只在心里默默地给大妈点了无数个赞。

因为我知道她月入三万的背后，是起早贪黑的勤劳，是严寒酷暑的辛苦，是披星戴月的忙碌。

对这些用一点一滴的汗水讨生活的人，我一直充满敬意。

离我们公司大门口不远处，就有一位卖煎饼的大姐。

她卖的小吃品种挺多，不仅有煎饼，还有炸烧饼、炸鸡翅、炸鸡排和几样我叫不上名来的食物。偶尔我会买一个煎饼吃。慢慢地我们就熟识了，却也只是见面打个招呼而已，从未有过多的交流。

　　一年四季，几乎每天大姐和她的小摊都在。

　　七八月份的天闷且热，人们恨不得变成一条鱼，整天泡在水里。这位大姐也只能支起一把大伞，遮挡一下火辣的太阳。一锅热油，就是大姐的办公桌，她无处可躲。

　　寒冷的天气，我喜欢站在窗前，披一肩阳光，便忘了窗外的寒风凛冽。那位大姐，也经常进入我的视线。

　　每到冬天，她总是穿一件藏蓝色的羽绒服，厚厚的棉裤外面戴一副皮的护膝，最外面套一件很旧的白围裙。北方冬季长，这样的装束，她一穿就是四五个月。

　　那天买烧饼时，我看见大姐手上缠着厚厚的绷带，忙问她怎么啦。大姐笑着说："没事，前几天收摊时，不小心把热油洒在手上了，都快好了。"

　　我的心莫名地疼了一下。

　　看大姐生意不忙，我和她聊了起来。

　　大姐很开朗，也很健谈。她一边拾掇炊具，一边说着自己的小日子。

　　她家是郊区的，有两个孩子，一儿一女，以前和丈夫在老家种地，也没什么副业，一年到头存不下几个钱。他们夫妻读书不多，很想让孩子们受到好的教育。可这样下去，什么时候能给孩子攒出上大学的钱呀？于是夫妻俩一商量，决定来城里做生意。

　　丈夫开过几年车，大姐却没有一点技术，几经周折后，支起了这个小摊。丈夫开出租，这几年有了很多老客户，收入不错。他们的大女儿在上大学，读财会专业。儿子在读初中。

大姐每天上午和中午在我们公司门前出摊，下午去几公里外的一所小学门口，等待孩子们放学后的"商机"。大姐一脸淡定和满足的样子，她告诉我，他们家已经全款买了一套楼房，去年又按揭买了一套两居室的房子，准备将来给儿子结婚用。

大姐说这些时，没有一丝或傲娇或抱怨的情绪，语气非常平和，言语间更多的是欢喜。

红尘世间，很多人和她一样，挥洒着自己的汗水，从骨感的现实中，一步一个脚印地走出一个丰满的人生。这样的人生虽然苦累，却真正算是活过了。

02

然而有些被命运厚爱的人，生命之初就拥有了很多，往往让自己活得很苍白。

几年前的一天，我去一家公司找老总办事。我一进办公室，就看到老总的儿子坐在办公桌前。

这位公子哥我认识，他上学时在他爸爸的威逼利诱下勉强读了个专科，靠关系进了一家事业单位上班。

半年前我参加了他的婚礼，豪车、豪宅、美娇娘，看得人眼花缭乱。

他看到我，站起来说："我爸来了个朋友，在会议室呢，你等一会儿哈。"我问："你怎么没上班，跑这儿来玩？"

他一脸颓废地说："哪儿都不好玩，领导让我写个信息，我一上午没写出几个字，又让我去做个调研，大热天的傻子才去，我来躲会儿。"

我默默看了一眼他那张年轻又毫无生机的脸，没有说话。

见我不理他，他就百无聊赖地这儿摸摸，那儿动动，正在这时手机响了，他立刻来了精神，一边和我做了个告别的手势，一边接着电话往外走："美女，我马上到，甭理我老婆，我和她过不了几天了。"

望着他的背影，我叹了一口气：年纪轻轻什么都有了，有编制内的工作、三室两厅的房子、上百万的豪车，以后的日子估计就是这种无聊模式，如果要找点乐子，就是胡作非为了。

这时老总的助理走进来，估计是和他们老板的儿子打了个照面，一进门就和我感慨："姐，你看我拼死拼活，还不知猴年马月才买得起一套房子，我们公子轻轻松松就什么都有了，人家的人生太帅了！"

呵呵。

03

讲真的，我并不觉得他活得帅，他之所以活得轻松，只是因为有人替他背负了本该承受的重量，而他更应轻舟渡过万重山，飞到更辽阔的远方才对。

人生真正的意义在于，在不断忙碌中寻找自己的价值。如果这样混吃等死地过一生，就太无聊了。

这些年我见过身边不少的富二代，除了少数有进取之心，更多的都是麻木地活着，喝酒、打牌、玩游戏，将一生的日子活得像一天。

相比起他们，我觉得那些摊煎饼的大姐才帅。她们没有学历的优势、没有技术上的专长，也没人替她们负重前行。走在人生风雨里，她们与生活彼此诚挚相待，她们付出了辛劳，生活也回馈了她们丰硕的果实。

月入三万，是这个世界对她们的努力给予的最动听的掌声和最大的敬意。

主动权应在你手里

01

有位姐妹在我的公众号后台给我留言，说她在婚姻中遇到了渣男老公，不仅出轨，而且死不悔改。她想离婚，可自己婚后生完女儿就做了全职太太，离婚又怕自己这些年已经与社会脱轨，出去以后难以立足，问我该怎么办。

我回复："你和你老公提过离婚的事吗？你自己是怎么想的？"

她说："提过几次，每一次都遭到他的嘲讽，让我赶紧离，带着女儿喝西北风去。"

我沉默，这话够狠，也够现实，娜拉出走容易，拎起皮箱仰天长笑出门去，可出门以后去哪里呢？

我想起年初的时候，有一位叫阿敏的朋友，在微信上兴奋地和我说，自己刚刚离婚了，带着八岁的儿子出来，租了一个一居室的房子，找了一份代理的工作，虽然累，但心里很踏实。离开了那个渣男，她以后的日子再也没有吵闹和眼泪，都是晴空万里了。

我鼓励她："加油，祝你好运！"

在我差不多忘了这事的时候，阿敏来对我倾诉："姐，自从离婚后我带着儿子过，我的收入很不稳定，推销产品没有想象中那么容易，每天磨破嘴皮有时也卖不了一单。我最好的收入，就是上上个月，挣了三千元。前夫给儿子的抚养费除去房租和吃饭，几乎剩不下一块钱，孩子又是长身体的时候，为了保证他的营养跟得上，我都没敢给他报一个兴趣班，感觉很对不起孩子。半年多来，我没买过一件新衣服，化妆品都改成最便宜的了，我之前的日子虽然算不上锦衣玉食，但从没这样拮据过，我这婚是不是离错了？"

我听了感到特别心疼。

虽然我不知道一个没有稳定收入的女人带孩子有多苦，但从她的悔意中我听出了太多的疲惫不堪。如果不是生活的压力太大，她又怎会频频回首那段天天吵闹的日子？

02

记得去年有则新闻，一位离婚独自带着女儿的母亲在街上脚踩女儿，引起一片愤怒声讨。

警方几经辗转，找到了视频中的母女，揭开了一桩悲惨生活剧。她丧失理智的背后，是生活的重担压垮了她。

是呀，喜剧或许与钱没有关系，但所有的悲剧几乎离不开钱。

我的公众号后台和微信上，经常收到这样的咨询："我的婚姻不幸福，我要不要离婚？"

不幸福是离婚的必要条件，但我一般先要问问她的经济情况，如果不独立，我一般劝她先去挣钱。因为我知道，豪气冲天地签一个离婚协议容易，独自拉扯孩子度日太难。

我不是男权的代言人，也不是女权主义者，不会整天喊些空口号，什么嫁给把你当成女儿宠的男人，什么最好的爱情就是和他在一起不用带脑子……呵呵。

嫁人容易，可你赤手空拳地进入婚姻，如何面对日后婚姻中的风风雨雨？

爱情这东西充满了变数，他心意一转，不再爱你，你该怎么办？你是默默忍受，还是骄傲地离开？

一位情感专家说过："爱情太不可靠了，只有事业才是一分耕耘一分收获的，我想有自己的事业。"

说到底，好的婚姻应该是一场势均力敌的联盟，一方毁约，另一方不用再哀求他回心转意。

钱是很俗气，但也很温暖，它是一个人面对世界刁难的最有力的武器。有时候无爱还能活，而没钱根本没法活。如果你身无分文，又没有一技之长，那么想要活得舒心又自由，最多只是想想而已。

我想看到这里你心里或许要骂我了，这不是说了一堆废话吗？女人没钱就只能在不幸的婚姻中忍耐？

03

不，我要说一位朋友安子的故事，或许从她这里你可以知道什么时候该忍，什么时候无须忍。

安子是我的读者，也是我的朋友，她喜欢我的文字，我喜欢她的为人。虽然我们隔着万水千山，但丝毫不影响彼此的惺惺相惜。

2003年的时候，三十二岁的安子带着五岁的女儿和三岁的儿子去英国留学，她老公在日本打工赚钱。

暑假回日本，她发现老公出轨了，而且被对方的老公发现，那个男人提出一系列勒索条件，其中包括让安子陪他睡几个晚上，安子的老公竟然默许了。好在安子谙熟日文，利用法律知识把对方吓跑了，再不敢来骚扰她。

可安子夫妻俩的感情也从此降到了冰点，但她没有选择离婚。她还在读书，孩子还需要钱抚养，离了婚她怎么应对这一切？

安子默默吞下这只苍蝇，再次返回英国读书。

毕业后安子做项目管理，公司在北京，她往返于中国和英国之间，非常辛苦。她说，没有什么比一个女人的决心和信心力量更大。这些年她一个人带着两个孩子，越挫越勇，不仅让两个孩子受到了很好的教育，自己的事业也越做越大了。

去年安子的女儿考上了伦敦医学院。两个孩子非常懂事，妈妈的种种隐忍他们都看在了眼里，他们劝她离婚，寻找自己的幸福。

今年安子提出离婚，她说，自己再也不必为了母子三人的生活和那个渣男绑在一起了。未来也许还有坎坷，但她有信心面对生活的挑战和磨难。

回首过往，安子一副云淡风轻的样子，其实是因为她已经有了抵御世事的能力。

所以亲爱的，如果你一边来问我要不要离婚，另一边在为离婚后的生活发愁，我不会给你任何建议，只会告诉你先去挣点钱。手里的钱不仅仅是物质保障，更多的时候是对抗生活中的挫折时的勇气。

女人只有在物质与精神都保持独立的时候，婚姻的跷跷板上，尊重与爱的力量才会自然地垂青你。

当你钱包满满、自信满满的时候，你就不会来问我答案了。

因为主动权就在你手里，你完全可以自主决定是该安静地离开，还是"勇敢"地留下来。

你的善良，终将美好

01

2017 年的国庆长假，我在电脑上追剧，被一群小戏骨给迷住了。

这群孩子翻拍了《红楼梦》，向 1987 版的电视剧《红楼梦》致敬。我看了演员表，最大的十四岁，最小的还在上幼儿园，他们的造型也是模仿 1987 版的，神韵和那些老演员确有几分神似。隔着苍茫的三十年岁月，我仿佛看到当年那些已经老去的演员重现。

剧刚开始，就上演了刘姥姥带着外孙去贾府打秋风的一幕。

家境贫寒的刘姥姥住在女儿女婿家，吃了上顿没下顿，一家人为怎么度过这个寒冬发愁。刘姥姥想起和贾府二老爷贾政的夫人王夫人家认过宗亲，只是自己家没落了，多年不曾走动。有了这个由头，她决定去一趟贾府，豁出一张老脸去弄几两银子来，以便度过这个艰难的冬天。

一大早刘姥姥便带着外孙板儿出发，第一次去贾府。虽然在门房那儿费了点周折，但是运气也算不错，刘姥姥找到了王夫人的陪房周瑞家的。对方也没推三阻四，带着她去见了荣国府的常务副总——王熙凤。

这位二奶奶素来以厉害闻名，自言不信什么阴府报应，却在那一天脾气格外好，不仅贴心地招待饿着肚子而来的祖孙俩，还拿出二十两银子送给刘姥姥。二十两银子对刘姥姥来说可不是个小数目，用她的话说，够庄稼人一年的开销了。何止呀，就算是在贾府，也快够一个姨娘一年的薪水了，赵姨娘的月例银子不过二两，更别说那些丫头了。

照这个标准，王熙凤和刘姥姥素昧平生，第一次见面就给了她这么大一笔钱，不仅仅是大方，里面更深含一层善意。

最让人为之感动的是，在二十两银子之外，王熙凤还给了一吊坐车的零钱。以王熙凤的判断，刘姥姥回去是舍不得花钱雇车的，这一吊零钱，透着对穷人的体恤，显得格外温暖。

02

第二次刘姥姥进大观园时，王熙凤也很热情，带她见了贾府的总经理——贾老太太，游遍了整个园子。

临走时，王熙凤又送东西又送钱，原文是这样写的：

刘姥姥忙赶了平儿到那边屋里，只见堆着半炕东西。平儿一一拿与她瞧着，说道："这是昨日你要的青纱一匹，奶奶另外送你一个实地子月白纱作里子。这包袱里是两匹绸子，年下做件衣裳穿。这是一盒子各样内造点心，有你吃过的，也有你没吃过的，拿去摆碟子请客，比你们买的强些。这两条口袋是你昨日装瓜果子来的，如今这一条里头装了两斗御田粳米，熬粥是难得的；这一条里头是园子里的果子和各样干果子。这一包是八两银子。这都是我们奶奶的。这两包每包里头五十两，共是一百两，是太太给的叫你拿去或者做个小本买卖，或者置几亩地，以后再别求亲靠友的。"

刘姥姥第二次进大观园，可谓满载而归，上面那些还不包括老太太给的。有人计算过，那时的一两银子相当于现在的一千多块钱，刘姥姥从贾府得到了这些资助，生活由此发生了质变，从贫穷户变成了小康之家。

而草蛇灰线，伏脉千里。

到了后来，当贾府被抄，整个家没落之际，刘姥姥才有能力挺身而出，赎回巧姐，后来又牵线搭桥，给她寻了一个家境殷实的人家。

在金陵十二钗中，巧姐的结局已算最佳。这一切都缘于她母亲王熙凤对刘姥姥的那些善举，当初巧姐对刘姥姥的那些善念，也都回报到了她自己身上。

03

我也曾写过一个故事，之前做采访时认识了一个集团公司的老总。

他小时候在农村长大，兄弟姐妹一大家子，特别穷，有一段日子家里穷得揭不开锅，他父母走了好几户人家都没借到一粒粮食。

也是，在那个饥饿的岁月里，谁家又有富余的粮食呢？

正在一家人愁云密布之时，一位好心的邻居主动敲门送来半袋米，帮他们家渡过了难关。

后来，小伙（如今的老总）远走他乡，历尽艰难，更乘时代之风，事业终有成，不忘粒米之恩，去到原来的村子寻找那位邻居报恩。

邻居夫妇俩已经老了，干不了什么重活儿，无儿无女，也没有退休金，日子过得很艰难，老总就把两位老人接到城里来安享晚年。

你看，很多时候就是这样，你无意间的一个善举，就有可能帮一个人改变命运，而最终受益的，还是你自己。

爱出爱返，福往福来，即如是。

04

去年一位做 HR 的朋友和我聊天，说他们公司六年前来了几名大学生，都是当年他们老总资助上的大学。

虽然老总是匿名资助，但这几名学生还是打听到了这位好心人的身份。他们毕业后决定来这家公司上班，用自己学到的知识回报他。

因为这几名大学生怀着一颗感恩的心工作，工作都特别出色，不断研发出新的技术。老总也不亏待他们，在这种良性循环下，几个人成了公司的中坚力量。

很多企业雇佣之间总是存在这样那样令人头疼的问题，在这里通通没有，这里有的是一颗颗坦诚相待的心。

善待就是一种怜惜，一个人心疼了别人，也会被这个世界眷顾。你的善良，上天都会看在眼里，记在心底，总有一天会给你梦寐以求的幸运。

而世上所有的惊喜和好运，都是你积累的人品和善良带来的。

做个善良的人吧，它比存储钱财更重要。

人之命运充满变数，前路漫漫，有很多未知可能，有多少人会有一辈子的好运气？顺境时记得时时播撒善良的种子，将它埋在你人生的路上，兜兜转转，最终它会给你一个大大的惊喜。

赠人玫瑰之手，经久犹有余香。心向善是一场互动，无论善待谁，都是温暖在蔓延，施予别人，惠泽的是自己。

你的善良，终将美好。

谁是你深夜可以聊天的人

01

早上起床后我打开手机，嘀嘀嗒嗒来了一串信息，是 W 发来的："半夜失眠，想找个人聊聊天，可是想了半天也没有找到一个人，我想起了远方的你，不知有没有打扰到你？"

我愣了一下，W 和我并没见过面，我们是文友，结识于线上写作课堂，只是在微信上比较聊得来。平时他很忙，有时一个星期也不见得和我打一次招呼，他有很多朋友，似乎有永远忙不完的应酬。

可是为什么他夜半醒来竟然找不到一个可以聊天的人呢？当然，不是表面意义上的聊天，而是说说心里话的人。

其实谁的通讯录里能有几个可以说心里话的人呢？有时不是无人可诉，而是无人能懂。

02

上周的一天晚上，快要零点的时候，我的手机微信接连不断地响，是一位叫艾米的女子发来消息，和我讲述她失败的婚姻。

艾米是远嫁的女儿，当初家人不同意她的婚事，她一意孤行，不想还是被辜负了。

今年春天的时候，她发现老公出轨。不小心被她撞破，男人干脆撕破了脸，大半年不回家。她是个极要面子的人，不想去他的单位闹，给他打电话让他回家商量该何去何从，但他总是推三阻四，一直不肯露面。

她说自己不想和他弄得太难看，想平静地分手，可他根本不配合。每天晚上她都会辗转难眠。她有一肚子的话和委屈想要找个人倾诉，却那么难，翻遍了通讯录，也不知道说给谁听。

她是我的忠实读者，经常和我在公众号后台互动，然后我们就加了微信。她说我是她可以信赖的人，她愿意把心底的话说给我听。

隔着屏幕，我似乎已然看到一个泪流满面的女子，一脸茫然失措的样子。真的，我好想给她一个拥抱。

她为了爱情来到一个陌生的环境，就像壁虎断尾，一切从头开始，好不容易和周围的环境熟悉了，又遇到这样的事。夜已央，弦断肠，她一肚子的话却不知该对谁诉说。

03

知乎上曾经有个高赞的问题："为什么有些人开车到家后，喜欢坐在车里发呆？"有人回答说："因为那是一个分界点，推开门就是柴米油盐、是父亲、是儿子、是老公，唯独不是你自己。"

很多时候是这样，你心里有什么委屈或者想不开的事，最不愿向家人诉说。你更愿意把轻松的笑容留给他们，而苦和泪自己默默吞下。

几年前朋友 Y 创业失败，背负了很多债务，公司几个月没有钱发工资，员工们都走得差不多了，只剩下他和几个最早进入公司的人苦苦支撑。那段时间，他的内心非常彷徨和迷茫，甚至跳楼自杀的心思都有过。

每个夜晚回到家，他都会在楼下的车里发半天呆，想明天该怎么过，然后装作没事人一样上楼，不让家人为他担心。

后来他借到一笔流动资金，公司起死回生，他这才慢慢恢复正常。他说，那些日子他特别渴望有个能一起说说话的人，可面对员工他要打气，面对妻儿他要装作若无其事，面对朋友他也难以启齿。

成年人的世界里没有"容易"两个字。其实生活在这个纷繁芜杂的世间，哪个人心上没有伤痕？那些山高水长，那些长夜漫漫中的踽踽独行，谁不渴望与一个可以倾诉的人，一吐心中的块垒？

04

几年前妈妈去世，那段时间我和老公又因琐事矛盾频发，我在工作上也处处不顺心，很多次我夜深难寐，便独自跑到阳台上凝望着天上的星光发呆。

我何尝不想找一个人诉说，然而翻遍了通讯录，面对一个个电话号码，竟然没有一个可以拨出的。

大多数人买得起充电五分钟的手机，可很难找到通话两小时的那个人。那些午夜梦回的倾诉，都有着无比的深情，更多的是无法与人分享，只能压在心头，辗转反侧。

或许每个人都会有一段异常艰难的时光，生活的窘迫、学业的压力、工作的失意、迷茫的前程，以及爱的惶惶不可终日，让你欲说还休。

这份遗憾，就连历史上权倾天下的皇帝也难以幸免。

05

"七月七日长生殿，夜半无人私语时"，说的是唐明皇和杨贵妃。

白居易的《长恨歌》中，虽制度森严，佳丽三千，可由于专宠，唐明皇和杨贵妃却也能像寻常夫妻那样，耳鬓厮磨。

而在安史之乱中，李隆基仓皇西逃，杨玉环身受白绫之刑，做了替罪羊。

数年之后，战乱平息，太子即位，李隆基失去皇帝的权力后，孤独寂寥，人性在他身上复归，他日夜思念杨玉环，以神思上穷碧落下黄泉，追寻佳丽的幽灵，发出"在天愿作比翼鸟，在地愿为连理枝"

的嗟叹。

抛开历史传说和文学演绎的烟尘，我想如果可以重新选择，那一刻李隆基未必不愿意拱手让江山，低眉恋红颜，在权力与爱人面前选择后者。

而夜半的私语，不仅仅是因为爱情，但无论是哪种情，一定是互相欣赏、同频共振、彼此信赖的。这样的人，他说的话你都懂，他愿意和你说，你愿意听他说。

好的感情，应该是无所不言、相互懂得，是身寂寂却不感寂寞，是路漫漫雪茫茫却仍能心中快乐如歌。

世界太大，一生太长，走过千山万水，能有一个夜半可以聊天的人，已是最大的幸福。

在坚硬的世界里，修得一颗温柔心

01

那天有位读者在公众号后台和我说："苏心，看到你说自己很累，我好心疼。我关注你就是因为之前看过你的一篇文章，写自己有一颗玻璃心，很容易情绪化，随时可能崩溃。是的，你不完美，可是我们爱的就是这样不完美但柔软而又坚强的你啊！"

知道吗？看了这段话，我在电脑前泪如雨下，像看到了多年不见的亲人一般，恨不得扑在她怀里大哭一场。

我天生敏感，与人交往总生出怕自己的到来会给别人添麻烦之感。

我写过很多人、很多事、很多努力、很多坚持、很多泪水、很多欢笑。那些行行重行行的彷徨，那些莫名其妙的无助，那些如履薄冰的小心翼翼，其实都是我自己。

这个世界对我来说很冷、很硬，让我的内心时时刻刻充满了不安和无力感。

02

记得七年前，我不堪工作的压力，辞去公司高管的职务。

那时正是深秋，地上有很多落叶。走在小区的甬路上，听着自己脚下沙沙的声响，我不知道自己下一站要走向哪里，只感到深深的疲惫、焦躁和迷茫。

天气似乎有些冷，阳光尚好，走着走着身上就暖了许多，我不由得对这种慢生活充满了向往和期待。那一刻我有一种强烈的表达冲动，要把心里沸腾的潮水变成文字。

记得一位从农村走出去的作家说过："我的少年时代没有读过《红楼梦》，没有读过《三国演义》，粗糙的生活只给予了我力量。"相比之下，我的少年时代要比她幸运许多。在我小学五年级时，爸爸就给我买了一套《红楼梦》，我艰难地读完，从此爱上了文字。四大名著，我在初中未毕业时就读过好几遍了。

学生时代的我，每篇作文，用老师的话说，都是笔底生花。我也曾年少轻狂，对同学们吹牛："我要做大陆的琼瑶，写遍人间千般情，诉尽世间万种爱。"

可是从来没有人鼓励我写。爸妈不懂，我自己不懂，身边的人都不懂。没有人把"写"看成一种职业，他们认为踏踏实实找一份工作才是正途。

我学了医，但没从医，刚参加工作时，我有大把业余时间，就试着给本地的报社投稿。

有一天我们单位的财务科长拿着一张报纸满脸惊喜地来找我："苏心，这是你写的？想不到你还是个才女呢！"我点点头，他夸了我半天，意犹未尽地走了。

我的虚荣心瞬间得到极大满足，一下子来了动力，在那一年里竟然写了不少东西。

可是后来呢？后来我结婚生子，文字便被挤到角落里。偶尔我会张望一眼，然后继续各种忙碌。

那天我在小区里走了几个来回，思考着这些年走过的路，思索着未来的路。

难道我就只为生计奔波吗？我反复问自己：难道此生就这么虚度了？我最初的文字梦就这样荒芜了？

03

后来我回到公司做了中层管理人员，时间宽松了许多，我便每天坚持写一篇一千字以上的文章。

因为有之前的写作基础，我重新拾起笔后，写起来竟然特别顺畅。

有一天我找了一篇自认为还过得去的文字，请一位编辑指教，说下大天来，她也不相信我是新手，很快便把这些文字变成了铅字。

我的文字开始在报纸和杂志上频频亮相。但不是每一份收获都会有人祝福，身边有很多人对我冷嘲热讽，说我这么能，应该去文联什么的地方工作呀，在这种打市场的公司里太屈才了。

我不搭理这些人，只把手头的工作做好，这是我的生存之本；然后把文字写好，这是我梦想起飞的翅膀。

热爱是最好的老师，一天天、一季季、一年年，我坚持了下来。有报纸开始找我写专栏，有杂志开始找我约稿，就连刚刚兴起的微信，也不断有编辑来问我是否可以给他们投稿。

2016年2月29日，我在自己同名的微信公众平台上推送了一篇文章——《哪有什么岁月静好，不过是有人替你负重前行》。

我当时根本不知道，那一天成了我命运的转折点，这篇文章在朋友圈刷了屏，被四千多个公众平台转载，文章题目也成为今时今日的一句流行语。一夜之间，我红了。

那些天，看着自己的公众号后台疯狂增长的数据，我一脸呆滞。我不敢懈怠，更不敢骄傲，只抬头看天，低头写字。

2017年年初，我签了自己的第一本书——《在坚硬的世界里，修得一颗温柔心》。站在人生路口，文字已成为我淡定从容的最大底气。

如今我的公众号平台已有近六十万订阅读者，与我在文字中相遇，在岁月中相守、惺惺相惜。

亲爱的，是你们给了我无限的勇气和前行的信心。我的心依旧柔软，却更有力量。

04

其实每个人在通往梦想的路上，难免会走一段很迷茫的夜路。

2015 年 12 月的时候，我对刚刚从欧洲巡演归来的歌手帕尔哈提做了电话采访。

说真的，我没想到老帕那么真诚，我原以为他会有一些架子。当电话接通，我自我介绍之后，他就一直认真、实在地回答我的每一个问题。听得出他的话语不是照稿念，而是发自内心，汩汩而出。

我问："您觉得这一路走来，最难的是什么？有过彷徨、寂寥、孤独无助的时候吗？"

帕尔哈提回答："大约在十年前，我在酒吧里唱歌，当时酒吧的环境不太好，有的客人素质也很低，吵吵嚷嚷，摔摔打打。那一刻我感到很伤心，每天对着一群不懂音乐的人唱歌，我感到对不起我的音乐，对不起我自己。我跑去超市买了一堆吃的、喝的，一个多月没有出门，躲在家里画画。"

不惜歌者苦，但伤知音稀。

电话那端，帕尔哈提谈起过往，声音里仍有一丝伤感。在一个无人懂得艺术的地方出卖艺术，他大致也就是起一个背景图的作用。他的心情，我懂。

电话这边，我已泪盈于睫。

而彼时彼刻，我就跪在宿舍的地上。嗯，跪着，因为我没有独立的办公室，格子间无法做电话采访。

　　我只好来宿舍，但没有桌子，我就把采访提纲放在床上，一手接听电话，一手拿着笔随时记录。为了这个采访，我已经准备了两天，我的心一直悬在半空，生怕哪个环节做得不够好而出纰漏。

　　采访结束，看着录音自动存盘，我的一颗心才缓缓落下。坐在宿舍的床上，我揉着早已麻了的双腿，长长地出了一口气。

　　是的，每个人都在修行的路上奔跑，岁月的利剑会刺伤每个人的身体，只是创伤不尽相同而已。内心的荆棘赋予痛苦，也让人成熟与宽容，我们要学会和这个并不温柔的世界握手言和。

　　生活有美丽祥和，也有千疮百孔；有玉石珍珠，也有泥沙俱下。这个世界没有人有义务对你好，那些冷漠是理所当然，那些善待才应珍惜。

　　但总有些人、有些事，在某一刻将你打动，让你对这个坚硬的世界生出无限温柔。

　　让我们不慌不忙地坚强。

潇洒说拜拜

01

在微博上看到一个帖子："别人对你说过最棒的赞美是什么？"

答："某天和朋友聊天，他对我说，以后你无论和谁在一起都会幸福，因为你从不将幸福寄托在别人身上。这是我单身到目前听过的最好的赞美。"

真的是这样，把幸福寄托在别人身上的人，大多会不幸福；只有自己能掌控自己命运走向的人，才能掌控幸福。

我的公众号后台，几乎天天会收到诉说的留言，大多是感情问题，而且是留下来痛苦、离开了百般痛苦的情形。

几个月前有位叫叶子的读者，和我倾诉她老公的种种不是：一而再，再而三的出轨。开始的时候，她以为男人能改，就给他机会原谅了他，可事实是男人的话就是顺嘴一说，该出轨还出轨，她一点办法都没有。

我问："你没有考虑过离婚吗？"

她说为了孩子，不想离婚。

我又问："你干什么工作？"

她说自己之前在一家公司做文员，怀孕后老公觉得她辛苦，反正也挣不了大钱，就让她辞职在家。现在孩子已经上小学了，她自己在家也很无聊，可不知道能干点啥，这么多年和社会脱节，都不敢走出去。她本来想再生二胎，也不敢生了，现在每天就是做做饭接送孩子，感觉很痛苦也很迷茫。

为了孩子不想离婚，这是我听过的最多的借口。

而事实上真是这样吗？

02

我曾经和一位婚恋专家交流，她告诉我，婚姻的优劣排序是这样的：好的婚姻，好的离婚，坏的婚姻，坏的离婚。

你看，如果能没有撕扯、没有怨怼地离婚，根本不是婚姻中最差的状态。

很多人以"为了孩子"这类字眼糊弄自己和别人，不肯离开没有感情的婚姻，其实大抵还是因为自己不够独立，无论是经济上的还是精神上的。

我曾在网上看到一则消息：一位四十岁的女子，因为没有生育能力，被丈夫抛弃，娘家也不能回，就住在一个破旧的山洞里。她弟弟给她申请了低保，让她不至于饿死。她每天就在那里蜷缩着，不化妆也不打扮，四十岁的人，六十岁的容颜。

可怜吗？

不，我觉得可悲。

下面有很多评论也在问："四十岁还很年轻呀，怎么不做点什么呢？"

是呀，即便她没有什么文化，干体力活儿总可以吧，累总比穷好过吧？

在古代，女人没有自主的财权，大多是拼爹，一份丰厚的嫁妆可以让一个女人在婆家有话语权和被尊重。

而到了现代，我们拼自己就可以了，完全不必看出身。

电视剧《欢乐颂》中，樊胜美一心想嫁入豪门，可那些豪门的公子根本没有人想和她结婚，最多想和她玩玩而已。

而经济独立的安迪，围在她身边的全是钻石王老五。

感情就是这样，有它的势利，也有它的普世道理。

所以女人如果想让婚姻按照自己希望的方向发展，一定要有挣钱的本领。如果你没有经济独立的能力，在婚姻中，难免就失去了讨价还价的资本。

03

三年前，闺密艾米从一段失败的婚姻中走出来，很多人给她介绍对象。谈了几个她都觉得不是自己理想中的那个人，就毫不犹豫地分开了。

　　有人说她太不识时务，一个离婚的女人还带着个孩子，差不多得了，挑什么挑？可她才不理会这些，说一定要因为爱情才会再婚。

　　后来艾米遇到了一个和她很投缘的男人，两个人同居了。一起生活了大半年，艾米觉得他和自己也并不合适，提出了分手。那个男的还不死心，找了几拨人给艾米做思想工作，什么"女人离了婚再遇到这样的已经很不容易了"之类的，让艾米不要太挑剔。

　　艾米说自己上一次结婚就是"差不多"结的，这次宁可孤独终老也不会将就了。

　　其实艾米也不是什么白富美，只是有一份普通的公职，有一份稳定的收入，有一套小面积的房子，可以安稳地生活罢了。

　　你看，我说的女人不能穷，不是很多人端的"鸡汤"所谓要有多少多少钱、有多么多么成功才行，但起码有一个安身立命的本领，不是为了靠着这个本领让谁爱你，而是因着这个本领，你在尘世中生存就有了最低保障。

04

　　演员马伊琍说过："如果你还没结婚，听我的，先挣钱；如果你已经结了婚没孩子，听我的，先挣钱；如果你既结了婚又有孩子但还年轻，听我的，还是得挣钱。特别是女人，挣钱是独立，也是资本。"

　　也许你会说，她挣了那么多钱，老公不还是出轨了？！

　　不，你听我说，她和那些一次次忍耐老公出轨的女人不一样。留下和离开的主动权始终握在她手里。她的忍，只是一种权衡后的选择，让自己和孩子利益最大化，而不是忍气吞声地忍受。她那句广为流传的"且行且珍惜"，是淡定而坚定地说给她老公文章听的。

据不完全统计，中国女性遭遇另一半出轨后，百分之七十的人会选择忍让，原谅背叛自己的男人，并且经济越不独立的女性，忍受的比例越大。反之，经济越独立的女人，离婚的越多。

所以在这个世界里，女人一定不能穷，钱才是你的底气。它可以让你在一场毫无感情的婚姻里，潇洒地说拜拜，不必承受那些无奈的碾压。

亲爱的，没事就想想怎样多挣点钱吧，捏在手里的钱永远比那颗抓不住的心踏实。

女人最好的状态，是一个人也能过好日子，两个人也能做撒娇和依赖的小女人；强大到无须宠、无须疼，却幸运到有人宠、有人疼，一直牵着你的手看似水流年。

善良是善良者的通行证

01

几乎在整个朋友圈的人都看过电影《芳华》后，我才抽空去看。

看之前我看过很多影评，几乎都是在说，一个始终不被善待的人，最能识得善良，也最会珍惜善良。

可是当我看完大半部影片时，最牵动我魂魄的，却是那场战争。

背景时间是 1979 年，对越自卫反击战，刘峰在那场战争中失去了一条胳膊，而我在那场战争中失去了最小的叔叔。

我父亲半生戎马，他在我小叔叔眼里有一种高大的形象，于是我小叔叔一心想着长大了和我父亲一样，做个最帅的军人。

1979 年的冬天，我听母亲说那天雪很大，小叔叔终于如愿以偿，穿上了绿色的军装，胸前戴着大红花，在亲人们不舍的目光中，踏上了征途，却再没有机会回望一眼家乡的路。

小叔叔牺牲了。小叔叔是我奶奶的命根子，不是切身体会，谁也不懂那种痛。

可是待我长到十几岁，奶奶和我说起这一切时，口气却非常平和："有战争就得有人牺牲，即使不是咱的孩子，也会是别人的孩子，总得有人保家卫国吧。"

那时我爷爷已经去世，奶奶自己住，我很难想象，这个失去了小儿子也没有了老伴儿的老太太，能这样平静。

我想，奶奶的性格应该是遗传了她的父亲、我那从未谋面的太姥爷吧。

02

我很多次听奶奶和父亲说起过我太姥爷的故事。

他在中华人民共和国成立前，是党的地下交通员，每天骑着一头小毛驴，装疯卖傻，人们都说他精神有问题，其实他都是假装的，为的是隐蔽自己，利于工作。

中华人民共和国成立后，曾经的地下工作者很多落实了工作，因为和太姥爷单线联系的人已经下落不明，也就无人能给他做证。太姥爷并没只言半语的抱怨，在家安心务农，毛驴也不骑了，人也不疯了，成了一位正常的农民。

太姥爷说，能安安静静地种庄稼已是很大的福气，再也不用提心吊胆了，没有战争的日子，好呀！

太姥爷天性淳厚，自己并不富裕，还帮过很多人，每次村子里有什么事，他都冲在最前面。有人说他傻，他总是乐呵呵的，从不反驳，当有需要时，他依然会挺身而出。

他在八十多岁时寿终正寝，安静地离开了这个世界。

看到影片中的刘峰时，我那么自然地就想到了我的太姥爷。刘峰是文工团里的活雷锋，大家公认的好人，处处为别人着想，就连事关大好前途的机会，也让给了别人。

这样的人在很多人眼里是傻，我却能理解那种傻，那是一种本能，不去计算成本和代价，只是遵从自己的内心。

就像 2017 年 12 月 10 日的那例见义勇为，西安某座购物中心的一位保安试图接住从十一层跳楼轻生的女子，却不幸被砸中，两人当场一起遭遇不幸。

有人说这是一场注定失败的义举，成年人从十一楼的高空坠下，瞬间的冲击力堪比子弹。有人说他勇敢，有人说他善良，有人说他无知，可他真的不懂这些常识吗？

不，他当过兵，受过专业训练，他比很多人懂得其中的利害。只是在那个生死关头，他没有时间去考量太多，舍己救人是他的本能，这也是他善良的本性。

是的，很多时候善良的人并不一定有好运，比如刘峰，和他那些故交相比，命运对他一直是冷冷的。

当刘峰离开时，文工团的人们竟然集体选择了孤立刘峰，没有人记得刘峰的那些好，只有那个一直被大家嫌弃的何小萍去送他。那个画面，看着很心酸，让人不由得思考：做一个好人究竟有什么意义？

03

这个答案很快揭晓了。

后来刘峰和何小萍遇见了，他俩在长椅上坐着聊天，何小萍说："有一句话，我在嘴里含了很多年。你能抱抱我吗？"

刘峰伸出独臂拥抱了她。

兜兜转转，他们走到了一起。那个让何小萍在心里默默爱了很多年的男神，终于属于她了，命运也算善待了她一次。

《芳华》的结尾，是萧穗子的旁白："我不禁想到，一代人的芳华已逝，面目全非，虽然他们谈笑如故，可还是不难看出岁月给每个人带来的改变。倒是刘峰和小萍显得更为知足，话虽不多，却待人温和。每次战友聚会，别人都是一脸沧桑抱怨着生活，刘峰和何小萍却显得平静温和，他们彼此相偎一生……"

是呀，虽然命运对刘峰与何小萍一直板着脸，难得有一丝笑容，更没有谁跳出来让他们的人生能有一点起色，但他们依然能从那些透过来的斑驳阳光中，找到温暖，感到知足。

刘峰、何小萍貌似是混得最差的两个人，命运对他们围追堵截，风霜雪剑严相逼，善良却成为他们的出口，让他们在尘世间无论受到怎样的生活重压，都能看到泥泞里折射出的光、生活中的暖，和人生隧道里的微亮，平和地看待荣辱得失，感恩珍惜拥有的一切。

而他们那些功成名就、外表光鲜靓丽的故交老友，却在欲望的路上狂奔，内心难以安宁，灵魂无法妥帖。这才是真正的摧毁，内心无法宁静，不能平善和合，也就永远无法获得幸福。

聪明是一种天赋，善良却是一种选择，也是抵御薄凉命运的最有力武器。

善良是世界颁发给善良者的通行证，最终把他们摆渡到幸福的彼岸。

脱贫比脱单更重要

01

网上曾经有一条消息：老婆过年带一万元回娘家发红包，老公对她拳打脚踢。

事情是这样的：

湖北一对夫妻，正月初四早上两口子去女方娘家拜年，妻子想带一万块钱回去发红包，丈夫坚决不同意，两人大吵一架。

后来妻子还是私自带了一万元回娘家，回来后，夫妻俩陷入冷战。

当天他们家经营的小超市来了顾客，妻子态度不好，丈夫再也控制不住一肚子火，抓住妻子的头发把她摔倒在地，对其拳打脚踢，邻居劝了好半天才将人拉开。

妻子报了警，丈夫被传到派出所接受调查，他承认自己之前也殴打过妻子，被行政拘留三日。

本来是一件家长里短的事，却引发了网友的热议。

有人说："能为了钱打自己的老婆，恐怕平时也不是好相处的人。女人嫁人，搭给婆家行，反哺娘家那就得看老公的心情，悲哀呀！"

还有人说："想想都难过，大年三十发给爸爸一千元红包，婆家人都说我，就连大姑姐都说我是嫁过来的，我的父亲不能和公婆相提并论。我是从北方嫁到云南的，几年都回不去一趟。"

看这件事，我觉得要关注一个点，就是女人在家里对钱的支配权力的大小。很多时候，这个权力不仅仅取决于另一半对你的态度，还和你自己的收入状况有很大关系。

02

我母亲被查出患癌症时，父亲很着急，因为他存折上的钱很少。

那些年我们姐弟三人先后成家立业，结婚、买房，父亲都尽最大能力给我们支援。等我们的日子安稳了，他才和母亲攒下些钱，可毕竟他们只是工薪阶层，也没几个钱。

我们姐弟三人商量，要给母亲找最好的医生，不让父亲花钱，我们三个人出。

我们请业内有名的肿瘤专家给母亲做了手术，术后需要高价的蛋白补充病人体力，还有很多不在报销范围之内的进口药，我们也丝毫没有犹豫，只要对母亲好的，恨不得都拿来给她用。

虽然最终并没有留住母亲，但我们尽力了，没有太多懊悔。如果因为缺钱而让母亲将就着治疗，我会一辈子无法让内心安宁，也会一直带着巨大的遗憾，责怪自己的无能。

我和姐姐也是出嫁的女儿，或许你会问，你们给母亲花那么多钱，你们的老公不会有意见吗？

并没有。我和姐姐的工作能力和收入，让我们有足够的底气为母亲支付高昂的费用。

我从不讳言在合法的前提下要多赚钱，因为你有孝心，还要有孝力才行。

03

上周我发了一条朋友圈："三十岁没结婚怕啥，如果到了这个年纪没钱、没房、没工作才真是可怕，爱情看脸，但婚姻看的是实力，脱贫比脱单可重要多了。"

这话我是有针对性的。

朋友的妹妹读高三时和校外一名男青年谈起了恋爱，经常逃课，老师把她妈妈请到学校说了孩子的情况。妈妈回去之后，把女儿一顿好打，本意是让她和那个男的断绝往来，安心学习。可这一顿打，彻底把他妹妹打到了那个男的怀里，两个人私奔了，据说去了南方。

也不知两个人经历了怎样的生活，去了大半年，女孩哭着打电话回家，求家里人去接她回来，说自己怀孕了，可他们现在哪儿有能力养孩子，想去打掉，男的连打胎的钱都没有。

后来朋友把妹妹接了回来，妈妈带她去堕了胎，女孩竟然还心心念念回到那个男的身边。朋友着急，想让我劝劝妹妹回学校复读，好歹上完大学再考虑结婚的事，就让她加了我的微信。

我和女孩聊过几次，事到如今，她依然觉得自己当初遇见爱情时选择爱情而放弃学业没错，我都说得口干舌燥了，她还是坚持自己的观点。于是我才有感而发。

真的，面对她的执拗，我第一次有词穷的感觉，不知道该怎么说她了。

你只以为有情饮水饱，可没有钱的爱情可以走多久呢？

04

我刚上班时在一家国企，有一对夫妻同事，年龄都是三十四五岁吧，女的长得很漂亮，简直可以称为"厂花"。

据说他俩那时刚刚东借西凑买了房子，每个月的工资几乎都用在还债上了。我对桌的同事和他们家是楼上楼下的邻居，老是绘声绘色地给我们讲那两口子吵架的事。

那个男的爱吃肉，经常发了工资赶紧买一大块肉放冰箱里，怕还完钱就没有肉吃了。他老婆每次都因为这事和他大吵一架，说他是个最没用的男人。

据说他们家几乎每次吵架都是因为钱，五天一大吵，两天一小吵。虽然同事每次说起这事都一脸看热闹不嫌事大的喜感，但我就是从那时真正懂得了什么叫作"贫贱夫妻百事哀"。

后来那个女的竟然和一个做房地产的老板搞到了一起，并坚决和自己的男人离了婚，上演了一出"宁可给富人当小三，也不给穷人做正妻"的闹剧。

美国一家理财机构有一项调查结果显示，钱是夫妻间吵架最常见的导火索。该调查甚至列出了夫妻为钱吵架的平均次数——每个月三次，其中四十五岁到五十四岁的夫妻，每个月为钱吵架的次数为四次，平均一周一次。

05

这些年我观察过，凡是"嫁得好"的姑娘，基本有两种：一是先天条件好，父母给铺垫好一切。没办法，本就是含着金汤匙、银汤匙出生的，老天赏赐，就像《欢乐颂》中的曲筱绡那种。

还有一种就是靠自己努力，能力出众、吸引力爆棚，身边不缺钻石王老五。就像《欢乐颂》里的安迪，三十多岁了，从来没恨过嫁，却有大把的优质男围着她转。不要说她是因为长得漂亮。男人们在结婚这件事上可不傻，他们或许会面对美貌产生多巴胺，但最终让他们愿意娶回家的，一定是权衡之后性价比高的那个。

最好的年纪，应该用在提升自己上，让自己更值钱，而不是稀里糊涂地结婚。除了爱情什么都不缺的人，才有底气等待爱情。

其实很多时候，谈钱并不是简单地谈钱，更是谈责任。

当父母需要你时，不要除了泪水，你囊中羞涩；当孩子需要你时，不要除了惭愧，你一无所有；当需要为自己花钱时，不必去看谁的脸色。

有钱的时候，钱才不重要，没钱的时候，它就是命，甚至比命重要。

为什么说脱贫比脱单更重要？

因为钱可以让你在面对这个薄凉的世界时，保持淡定从容的心态和优雅自如的神态。

而"不贫"才是我们能够给予亲人和这个世界最温情的怀抱！

千山万水，回家的路最美

01

刚进腊月时，在北京工作的朋友小徐发了一条朋友圈："父母在，人生尚有来处；父母去，人生只剩归途。"

我在下面问："准备回家了吗？"他回复："没那么快，只是想家、想爸妈了，好几年没回，今年一定回家。"

是呀，每逢佳节倍思亲，临近春节，恐怕每个在外的游子，都会心心念念着回家，哪怕第二天即奔赴天涯，也要千里万里回去和最亲的人吃一顿年夜饭。

生活总是在别处。交通资讯的便利，铺成了一条条通往外面世界的路。年轻人再也不愿拘囿于家乡，遂带着种种梦想走向远方。

02

我楼下一对张姓的老夫妻，他们唯一的儿子是某跨国公司的高管，常年在国外。那个我听过无数次名字的人，与他们家做了十年邻居，只见过一面。

几年前，老两口欢天喜地地逢人就说，儿子打电话说今年回家过春节，能住两个晚上呢！

从接到儿子的电话那天起，老两口就开始置办年货，天天大包小包地往家拎，一派节日的气氛。其实每年过年，他们家几乎和往常一样，看不出什么分别。

那年春节，他们的儿子真的回来了，真的是来去匆匆。

大年初二，我回娘家，在小区门口正遇见张叔老两口送儿子走，他们的儿子拉着一个行李箱，张婶拎着一袋吃的往他手里塞，说带着路上吃。

出租车来了，张叔的儿子坐上车和父母挥手告别。车很快就消失在街道尽头，老两口还站在原地痴痴张望着。

我说："叔、婶，回吧，外面冷。"两位老人嗫嗫地答应着，却没有动。

那场景，写满落寞。

03

那年夏天的时候，张叔兴冲冲地拿着一部新手机来敲我家的门。他说请我帮忙教教他怎么用年轻人常用的微信，他就可以通过朋友圈知道儿子的心情和生活了。他原先的旧手机没有微信的功能，今儿特意买了部新的。

我说："张叔，您真有福气，儿子那么优秀，每天全世界飞来飞去。"

张叔骄傲地说："我儿子从小就是个懂事的孩子，学习用功，听老师的话，抢着帮家里干活儿，他的高考成绩至今仍是他们班主任的骄傲。他上完大学又读了研究生，一毕业就被现在这家公司录取了，就是太忙，连打个电话都成了一种奢侈。"

我给张叔下载、安装好微信，帮他注册完成，让他打电话要儿子的微信号。电话那端，他儿子关切地问父母的身体，张叔拍着胸脯说："我和你妈好着呢，身体倍儿棒，吃嘛嘛香，你甭惦记哈。"

我心里叹了一口气：天下的父母呀，都嘴硬，我每次给我爸打电话，他也这么说。

弄好微信，张叔兴高采烈地走了，边走边念叨："太棒啦，这下随时可以跟儿子聊天，还能知道儿子在干吗了。"

我一阵心酸。

04

我们的世界很大，可以鲜衣怒马纵横天涯，却时常模糊了父母的模样。父母的世界很小，小得只剩下盯着我们的朋友圈，期盼着每一次打给他们的电话。

我记得很久以前在微信上看到一张图片，一位老人身旁立了一块牌子，上面写着一句话：每次打完电话，你妈总是舍不得先挂。

据说那是苏州的三位老人用自己平时收集的白发，花了四十多天时间，一针一针绣成的"家书"，来呼唤儿女回家过年。

05

我不由得想起小时候，奶奶讲过的太奶奶的故事。

我二爷爷参军走后，跟着队伍南征北战，好几年杳无音信。

每年除夕那天，我太奶奶都去村头的路口张望，盼着儿子能够回家过年。等到太阳西下，太奶奶就会在村头的大树上挂一盏马灯，她说如果儿子回来，从很远的地方就能看到这盏灯，就不会迷路了。

太奶奶晚年视力很差，只能模糊地看东西，因为思念儿子哭坏了眼睛。

后来我的二爷爷立了军功，转业后留在了大城市工作，我的太奶奶却未曾看到这一天。

06

是呀，天下父母都是一样的，为了你的幸福，让你踩在他们的肩膀上起飞，他们把你送进繁华的世界，却把无限的孤独和思念留给自己。

不管你飞到哪里，他们都在原地等你；不管你想不想家，他们都会日夜思念着你。对他们来说，你的一个电话，便抵得上世间万万千千的温暖。他们没有节日，和你在一起的日子，才算节日。

而有家可回、有爸妈等待，其实才是人生最大的福气。

家是什么？是尘世中最温暖的牵挂，是亲人望眼欲穿的期盼。乡愁是什么？是一张小小的车票，我在这头，母亲在那头。

白日放歌须纵酒，青春作伴好还乡。

千山万水，回家的路最美。

世界再大，也不如一个温暖的家

01

姐姐和几位老板谈合作，天寒地冻，大家决定去吃火锅。

喝了两圈酒，气氛变得轻松了许多，人们不再拘谨，开始互相加微信。一位金姓大哥的微信名叫"离家三百里"，众人问他来由。

金大哥端起酒杯说："天堂有父母的干一个！"刹那间，闹哄哄的场面静了下来。

一、二、三、四、五，共有五个人端起酒杯，金大哥一饮而尽，开始讲他微信名字的故事。

他说："我来这座城市十年了，离家有三百里。为了打拼事业，我很少回家。

"三年前的春节我回家，母亲让我住下陪她说说话，女儿非闹着回来看演唱会，我就回来了。晚上十一点多，我接到家里的电话，说母亲不行了。我匆匆忙忙开车赶回家，还是没有见到母亲的最后一面。其实在我接电话的那个时候，母亲就已经不在了，是心梗。

"三年了，我还是放不下，我永远无法原谅自己。为什么我就没有留下来陪陪母亲？现在我每隔一周回去一趟看父亲，可是没有妈的家已经不是家了！"

金大哥的声音有些哽咽，大家劝他不要再说。

金大哥自己喝了一杯酒，趴在桌子上哭出了声："故园归去已无家呀……"

听着金大哥的故事，我沉默良久。

02

是呀，父母一天天老去，你永远不知道明天和意外，哪一个先来到。

我们总是以追求成功为由，脚步匆匆。房子越来越大，汽车越来越豪华，脚步越来越快，却忽略了亲情，淡漠了友情，没有时间谈爱情。

从前妈妈在时，我经常在那里吃饭，吃完从来不管收拾。妈妈不让我收拾，她说我每天那么忙，回到家只管吃就行，从来不让我干活儿，都是自己洗刷。

那么多年，我已经习惯了这种生活方式，我在沙发上看电视，妈妈在厨房里洗碗，就像我小时候一样，家务活儿是妈妈的事，我只负责吃。

我有时良心不安，便漫无边际地开一张空头支票："妈，等我有空带你去南方转转，你都没去过，那边可漂亮了。"

妈妈会特别开心地笑，仿佛真事一样。

每次回家，我还在大门外就喊："妈，妈！"

直到听到妈妈那声满是宠爱的嗔怪"都多大了，还大呼小叫的"，我才嬉皮笑脸地进去。如果有时妈妈不在家，我就觉得坐立难安，非去左邻右舍家把妈妈找回来不可。

妈妈离开后，我虽然还是经常回去看父亲，但几乎不在那儿吃饭了，每次都匆匆去，匆匆回，没有妈的家，让我无法在那里放松自己。

03

一次我去看父亲，正巧他出去了，我有钥匙，就自己开门进去了。

父亲半生戎马，保持着良好的军人作风，家里到处打扫得干干净净。可是我觉得，那座房子好陌生。

走到父亲的书房，闹钟当当当敲响，这声音我从来无须想起，却永远也不会忘记。那是我八岁那年，为了每天早上提醒我起床上学，父亲专门买的，质量特别好，一直没有坏。

看着闹钟，我一时愣怔。

我许诺妈妈的那些话，终究成了空头支票。可是我有多久没陪父亲吃一顿饭了？

自从妈妈离开，我装作失忆不肯面对这件事，看父亲的时间间隔也越来越长。同在一座城市，我竟然有一个月不回去的时候，我真的有那么忙吗？

三个月前，我见过九岁的侄子一面。他小时候和我特别亲，总是缠着他爸爸拨通我的电话，和我说些无头无尾的话。可是久未见面，我发现我都快不认识他了。他长高了半个头，说话也不再奶声奶气。我让他亲亲我，他忸怩了半天，站在一边不肯过来。

我半晌失落。

04

我们一路狂奔，寻找幸福，想要更多、更好，可什么是幸福？什么是更好？是名、是利，还是推杯换盏的灯红酒绿？

你有多久没有认真地和孩子谈过心了？有多久没有和朋友聊聊天了？有多久没有牵着爱人的手一起散步、看星星了？有多久没有陪父母好好吃一顿饭了？

真正的成功不仅仅是功成名就，更有子欲孝而亲尚待，还有一盏热茶、一碗清粥、一双儿女、一生一世一双人。

世界再大，也不如一个温暖的家。

父母、爱人、孩子，他们才是你我幸福的来处。

日子，需要一些仪式感

01

朋友张丽的儿子上幼儿园后，她让我帮忙给她介绍工作。

正好朋友的公司缺会计，就说好了让张丽去面试。我在公司门口等她，老远看见张丽从出租车上下来，一身几年前的旧外套没有一点轮廓地穿在她身上。

张丽生孩子之前在一家公司财务部工作，一生孩子就把工作辞了。自从不用再朝九晚五地上班，几次我去她家都见她蓬头垢面，穿着松松垮垮的睡衣，乍一看，觉得她的年龄有三十好几，根本不像二十多岁的样子。

我说过她几次，生活要有点仪式感，就算不出去，也要把自己收拾得精致、得体。她总是打断我："收拾那么好看干吗？家里就我、儿子和老公，打扮好了给谁看？真是的！"

看张丽这装扮，我有些着急："你怎么穿成这样就出来了，捣饬一下有那么难吗？"

张丽白了我一眼："你真事儿，人家是招会计，又不是选秀！"我苦笑着陪她进去。

负责面试的是个女主管，容貌并不出众，却有种说不出的味道——一头短发垂顺光滑，简洁利落的服装、白色高跟皮鞋，走起路来显得特别楚楚动人。

过了几天，张丽接到通知——面试没通过。这个结果早在我的意料之中，她那个邋遢样子怎么入得了那么精致的 HR 的法眼？

可能是那次面试让张丽受了刺激，她决定痛改前非。

现在的她，每天都把自己打扮得非常得体才出门，哪怕下楼扔个垃圾都穿得跟约会一般。

上个月她面试了三家公司，都收到了录用的通知，她选择了待遇最好的一家。

她偷偷地对我说，女人的外表就是生产力呀！

02

其实何止是生产力，还有抵挡世间寒冷的能力。生活的千疮百孔随时会扑面而来，在那些仪式感面前，它粗粝的脚步也会放轻一些。

我的邻居李阿姨寡居多年，负能量爆棚，总是埋怨命运对她不公平，让她早早失去了老伴儿。

她和我做了十年邻居，我从未听她说起自己好好做过一顿饭，也不曾见她认真打扮过自己。只有一次，她竟然回忆起当初丈夫第一次去她家的情形，说起这些时她的眼里闪着光，向来语言凌厉的她，那一刻变得特别温柔。她说丈夫那天去她家，好多人来看，惊呼好帅。

我想她那天一定是盛装等待心上人的到来，心里缱绻而甜蜜。在她的生命中，闪光的日子不多，或许就只有那么有仪式感的几个。

生活中有太多枯燥而令人烦恼的东西，幸好还有美衣，还有美食。

03

早年我读《红楼梦》，读到刘姥姥在大观园吃茄子那段，印象深刻。

凤姐奉贾母之命，夹了些茄鲞给刘姥姥吃，刘姥姥吃了说："别哄我，茄子跑出这味儿来，我们也不用种粮食，只种茄子了。"

凤姐对刘姥姥说："用才摘下来的茄子把皮去了，只要净肉，切成碎丁子，用鸡油炸了，再用鸡脯子肉并香菌、新笋、蘑菇、五香腐干、各色干果子，俱切成丁子，用鸡汤煨干，将香油一收，外加糟油一拌，盛在瓷罐子里封严，要吃时拿出来，用炒的鸡瓜一拌就是。"

当时我的感觉是贾府在炫富，人家吃的不是茄子，是银子。父亲说那是生活的仪式感，那时我年纪太小，不懂什么是"仪式感"。

而等我经历了一些世事，年岁渐长后才慢慢懂得那是对生活的敬意。心中有了仪式感，普通烟火的时光也会生出不一样的味道。

04

父亲的饭桌上总是或荤或素，或凉或热，从没少于两个菜。煮粥也讲究，里面总会放些红枣、红豆、莲子、百合之类的东西。

他老人家的生活态度也影响了我，哪怕一个人吃饭，也要熬一小锅粥，配上两样小菜，有时还倒上一杯红酒，吃的过程就是一种享受。

电影《小王子》里的狐狸对小王子说："你最好在每天相同的时间来，比如你在下午四点钟来，那么从三点钟起，我就开始感到幸福。时间越临近，我就感到越幸福。到了四点钟我就会坐立不安，如果你随便什么时候来，我就不知道在什么时间准备我的心情，仪式能让我觉得某一天某一刻与众不同。"

是呀，日子千篇一律地重复，有太多无趣的事，如果我们再随便过一天算一天，那么多年以后回忆起来，也只是一片灰蒙蒙的。

但是如果多了仪式感，就会让日子活色生香起来。比如静静地等待与他约好的电话、盛装参加某个派对、期待某个节日的来临，每次回忆起来，都犹如鲜花重新在心上绽放了一遍。

而每一个充满仪式感的日子，都是一种致力于美的过程，让人沉醉和着迷，经久犹有余香。

一生的牵挂

01

离春节还有十多天的时候，表姨给我打电话，问我能不能把空着的那套老房子给她的女儿，也就是我的表妹住几天，过完年就搬走。

表妹离婚两年了，一直住在娘家。我家乡有个习俗，结过婚的女子不能在娘家过年，好像有会影响娘家的财运之类的说法。

表姨一打电话，我自然心知肚明，赶紧答应。这种情况本家已经挺郁闷，再遇到外人怠慢，心里会更难受。

表妹结婚早，二十二岁那年，专科刚毕业就嫁了。男方是她同学，也是她的初恋，她觉得自己好幸运，自感最好的年纪遇到了最好的人。

那段时间她常常给我打电话，问一些买婚用东西的事，那种掩饰不住的喜悦像泡了蜜一样甜。我也替她开心，找到自己爱的人，嫁给爱情，是多么幸福的事。

可是在表妹结婚第五年，就传出了婚变的消息——男人出轨。

折腾了一年，最终两人还是离了。孩子留给爷爷奶奶抚养，二人各自开始新生活。

男人很快就再婚了，表妹却一直不曾从上一次婚姻的阴影里走出来，又思念孩子，虽然外表看起来依然年轻靓丽，灵魂却已尘满面，鬓如霜。

下了班，我去老房子给表姨送钥匙，她已经拎了一大包洗漱用品等在楼下了。

我们一起上楼，表姨一边收拾屋子，一边落泪："这孩子想想就让人心疼，当初那么爱说爱笑，现在整天不说句话，我老担心她会得抑郁症。"

是呀，妈妈在时也经常这么说："女儿是最让父母操心的，不知道她嫁的是一个怎样的人家，会为她担心一辈子。"

02

有人说婚姻是女人的第二次投胎，这话毫不夸张。身为过来人，我深深知道婚后的步履有多么艰难。遇见怎样的男人和公婆，很多时候凭的就是运气。

几天前一位读者在我的公众号后台留言："苏心，不知道你能不能看到我的文字。

"昨天我妈妈突发心脏病去世了，我是远嫁的女儿，刚刚生完孩子还在月子里，我爸怕对我的身体不好，让亲人们隐瞒了这个消息。我还是从别处知道了我妈没了。我要回去，可我老公说我走了孩子没人带，他爸妈年纪大带不了，孩子不跟他，他哄不了。

"昨晚我一夜未眠，孩子也不听话，一直哭，我就起来喂奶。而我老公一夜鼾声如雷。那一刻我真的心冷了。生完孩子，白天、晚上都是我一个人带孩子。我婆婆说她就我老公这一个儿子，一直惯着，怎么会干这些？昨天晚上开始，我就下定决心要离婚了。

"你说，是我矫情吗？"

其实类似这样倾诉的留言我收过很多，除了心疼，我也爱莫能助，最多说几句安慰的话。

出嫁的女儿，离开亲人，离开父母，离开熟悉的家，整个世界的春风拂面，更多来自婆婆一家人。

03

2017年冬天，我参加过一个婚礼。音乐缓缓响起，女孩的父亲牵着她的手，把女孩交到了男孩的手中，对他说："今天，我把自己的小棉袄交给你，她在家里是我们的掌上明珠，希望你好好对待她，给她幸福。"

说后面的话时，他开始哽咽。台下女孩的妈妈早已满脸泪花。

我偷偷看男孩的父母，整个婚礼，他们脸上一直挂着笑容，那是发自内心的高兴，因为他们完成了一件人生大事，且不必担心自己的儿子到一个陌生的环境中会不会受委屈。

这些年我见过好多男女双方的父母在一起的情形，单从脸上的表情就能判断出是哪方的父母。女方的父母大多赔着小心，赔着笑，男方的父母则一脸坦然从容。

04

我妈妈在世时，每次做了好吃的，也总是让我老公给他妈送去尝尝。我知道，她那样做只是因为那颗殷切的心，为了让我的婆家人能够善待她的女儿。

或许每个妈妈都有这样的心情吧，不能照顾女儿时，便尽自己所能，为她铺一条好走的路，怕她受气、怕她委屈、怕她哭。

而这个世间没有什么比爱情更能给女孩子勇气了，她们为了爱情情愿飞蛾扑火，为爱的人付出一切。

她到了一个新的环境，就像壁虎断尾，与过去的生活切割开来。

三日入厨下，洗手作羹汤。未谙姑食性，先遣小姑尝。

在那个陌生的家里，她要小心翼翼地去适应婆家每一个人的脾气秉性。

出嫁的女孩自从离开家的那一天起，父母能给予的，便只有深深的牵挂了。你受了委屈，父母会心疼，可是你要自己解决。你哭了，父母会比你更伤心，可是你的眼泪要自己擦干。

你一定要幸福，不要让父母有太多的放心不下。

唯愿你能遇到一个相爱一生的男人，无论贫穷富贵、健康疾病，始终把你当成掌心里的宝。

妈妈，您满头白发的样子真好看

01

周末我去商场买衣服，路过老年服装区时，看到一对母女在那儿挑衣服。

老太太看上去年纪很大了，背有点驼，满头白发，一根青丝也看不见。旁边站着一位女子，有四五十岁的样子，在耐心地陪老人试穿衣服。

那位老人背对着我，她的发型和身材竟然和我妈妈那么相似。我痴痴地望着那个背影发呆。

其实我根本没有见过妈妈如此苍老的样子。

五年前，六十岁出头的妈妈被查出患了癌症，不到十个月就匆匆地永远离开了这个世界。

之前爱美的妈妈一直穿着时尚，身材也好，满头黑发，看上去最多五十岁。我从来没觉得她在变老，也觉得自己一直不曾长大。

拿到妈妈的诊断证明那几天，我疯了一般，乱了方寸，请教了好多医生，有人建议用保守疗法，有人建议做手术。

我自身虽是学医的，可根本没多少临床经验，最后我们姐弟三人决定手术治疗，盼着把那个病源切除了，妈妈会从此好起来。

可是并没有。

妈妈走后那段时间，我在路上只要看到和她年龄相仿的阿姨，就会停下来深深地凝望半晌。

有时看到鸡皮鹤发、步履蹒跚的老媪，如果旁边有年长的女子陪伴，我会羡慕地想，那要是我该多好，我多想看看妈妈苍老的样子呀。

半天时间，我竟然忘了自己身在何处，一直痴痴地站在商场里，看着那对母女试穿衣服。

那名女子应该早就看到了我，只是不好意思问，后来实在忍不住了，转过身来问："美女，你有事吗？"

我愣了一下说："没事，没事，妈妈，哦不，阿姨满头白发的样子真好看。"

在那对母女一脸错愕的表情里，我慌忙逃了。

龙应台说："我慢慢地、慢慢地了解到，所谓父女母子一场，只不过意味着，你和他的缘分，就是今生今世不断地在目送他的背影渐行渐远。你站在小路的这一端，看着他逐渐消失在小路转弯的地方，而且他用背影默默告诉你：不必追。"

说起来三言两语轻轻浅浅，可真正当那个背影走出你的生命，再也不见时，估计谁都会在梦里寻遍万水千山。

02

三年前的冬天，同事 L 的母亲突发心脏病入院，我去探望 L 的母亲看上去精神特别好，有说有笑，本以为几天就会出院，想不到隔了一天，竟传出她去世的消息。大家都非常吃惊，感叹生命的脆弱无常。

一周后，L 处理完母亲的后事回来上班，整个人像丢了魂一般。

我们在同一个办公室，他经常坐在桌前，半天半天地望着窗外出神。

那天过了下班时间半个小时了，我干完当日的工作，关电脑准备回家，一抬头就看见 L 拿着他母亲的照片在发呆。

我走过去劝他："你别太伤心了，你这个样子，阿姨会不安的。"

L 哭了出来："姐，我妈妈才五十多岁，说没就没了，她说如果我五十五岁能退休，她刚七十七岁，我们母子俩一起去看世界。她从来没坐过飞机和轮船，说到时一定坐坐飞机，坐坐轮船。可是我都没看过她老了是什么样子，更没带她出去旅游过一次。"

我黯然神伤，不知该如何劝解。

L 望着楼下白茫茫的雪，喃喃地说："姐，你说我妈妈会不会冷？"

我仰起脸，把流出来的泪生生忍了回去。我怕自己哭，会让 L 更伤心。我拍着他的肩不说话，脑子里无端闪出几句诗：

母亲，你睡着了吗？

我要用世界上最小的声音，喊你

用刚刚解冻的河流，喊你

用悄悄变绿的草地，喊你

用你曾经用过的名字，喊你

用灶头的柴火，喊你

用一阵浓似一阵的炊烟，喊你

直至，把你的耳朵喊聋

母亲啊，把你的耳朵喊聋

你就再也听不到我的哭声……

03

是呀，是谁说每一个成年人都是劫后余生，而每一头白发，何尝不是命运最大的恩赐？

生命是一场随时播放喜怒哀乐的演唱会，每个人都是被动的观众，无从选择，唯一能做的就只有珍惜了。珍惜生命中的每一次日出日落，唯愿发苍齿摇时，你还在我的身边，我也伴在你的左右。

过去我觉得青春少女的样子最美，热血少年的面容最帅。而现在我觉得，满脸皱纹、白发苍苍的样子，才是世间最动人的风景。

那样的生命是饱满的，经历了人生的四季，发染了霜，脸刻了花，是最平和圆满的那个句号。

浮屠塔，七千层，不知今生是何生。

娘埋泉下泥销骨，我寄人间空彷徨。

愿每一个生命都安然到老。

等我

十年前的一天，我正在单位上班，姐姐打来电话，说姥姥刚刚去世了。

我完全失态，当着几位同事的面号啕大哭。

我从小在姥姥家长大，和姥姥感情很深。

结婚之前，我还经常去看姥姥。婚后生了女儿，我又带孩子又上班，因为从小缺少做家务的锻炼，日子一下子兵荒马乱起来。好在有万能的妈妈，不然我都不知道该怎么办。

就在那段时间里，姥姥的身体已经很不好了，每次听妈妈说一遍，我就心急火燎一番，恨不得马上去看看。

姥姥住的村子交通很不方便，我那时还没有私家车，和老公唠叨了几次让他找一辆车，有时间去看看。

那一天，老公找了一辆车陪我去看姥姥。

　　已经好几年没有见面，姥姥看到我惊喜万分，拉着我的手，又握着我老公的手，说从来没见过这么帅的小伙子。

　　毕竟是借的车，怕人家等着用，不敢待久了，坐了一会儿，我们就起身和姥姥告别。姥姥拄着拐杖把我们送到大门外，我走了几米，一回头，姥姥正凝望着我，喊道："有空来呀！"我答应着，眼泪流了下来。

　　这个"有空"却是两年后，也是我见姥姥的最后一面，她已卧病在床不能行走。

　　握住姥姥干瘪的手，我知道她没有多少时日了。

　　屋里的气味不是很好，舅舅让我去他家坐。出来时，我握着姥姥的手和她告别，姥姥一脸不舍，说："二子，你什么时候再来？"我答应道："姥姥，等我，过一段时间我就来看您。"

　　姥姥笑了，脸上的皱纹像一朵花："嗯嗯，等你。"

　　姥姥终究没有等到我，就走了。

　　我飞车赶到姥姥家时，家里已经摆好了灵堂。我扑在姥姥的身上放声大哭，痛和悔让我恨不得暴揍自己一顿。我明明知道姥姥已是风烛残年，还让她一直等着、盼着，等了一场空。

　　而我真有那么忙吗？

　　每次休息我都想，这周该陪陪女儿了，这周该大扫除了，这周该买新衣服了，唯独没把去看姥姥列入日程里。

　　十年过去，我一想到姥姥仍然悔恨不已，今生再也没有机会兑现自己的承诺了。

不知多少人一直说"等我有空"，却一直没有空，而等待的人，在一个"等"字中望眼欲穿。

02

我有一个叫芳子的文友，她和初恋男友从同一所大学毕业，男友参加了工作，她读研。她让男友等她三年，她读完硕士就和他结婚。三年后她又去国外读博，这一走又是三年。

他的男友一次次问她的归期，她都说："再等等，我要为我们的未来拼一个美好的前景。"

一天男友打来电话，吞吞吐吐地对她提出分手。他说："我不等你了，我配不上你，找个配得上你的男人吧。"

芳子以为他耍脾气，就哄他："亲爱的，再等我半年我就毕业了。"她男友没有再说话，默默挂了电话。

半年后芳子回国，想给他一个惊喜，看到的却是他和别人在一起了。

她黯然返程，对我说，自己并不恨前男友，她一再让他等，那个默默暗恋他几年的女孩终于等到了他，是自己错了，不该让他等那么久的。等是最煎熬的事了。

是的，我记得在一部电影中，一个女人就对一个男人说过这样的话："如果我不是你的佳人，请别让我有非分之想，等一个人太煎熬。"

03

很久以前我看过一本小说，名字忘记了，但情节一直记得很清楚。

那是 20 世纪 40 年代左右的故事，一位战地女记者嫁给了一位国民党军官，他们特别相爱。

可是女记者因为工作需要，经常深入前线，丈夫特别为她担心，劝她辞职。她深深热爱着自己的职业，一直舍不得放弃这份工作。一次她又要走，临行前和丈夫紧紧拥抱："等我，很快就回来。"

结果在那次采访中，女记者负伤，被送往后方医院，半年多后才痊愈。她辗转回到原来的家，家里已经空空如也，丈夫搬走了，烽火连天，从此杳无音信。

几年后女记者在一家餐馆吃饭，一抬头竟然发现丈夫也在那儿。她正想喊他的名字，却看到他旁边有一位女子，还有两个孩子。

她叫来侍者，写了一张字条，让他送给那个男人。男人看完字条，抬起头看到了她。他直直地看了她半晌，脸上表情复杂，却没有说话，低头在纸上写字。

过了一会儿，侍者把一张字条交到女记者手里，上面写着："我一直等你回家，有人说你不在这个世间了，我就和我们首长的女儿结婚了。我爱的是你，命运却如此捉弄人。忘了我吧，好好活着。"

在女记者的泪眼模糊中，男人一家离开。从此他们再未相遇，一别就是一生。

那位女记者一辈子独身，临终前把自己的故事告诉了照顾她的护士："他说爱的人是我，可是又有多少爱经得起等待和分离？我们终究还是错过了。若有来世，我一定不让他等，我什么都不要，只要和他在一起。"

那本小说很虐心，我看的时候也就只有十几岁，哭得稀里哗啦。

点一盏灯，听一夜孤笛声；等一个人等得流年三四转，辗转难眠。那种滋味最难熬。

正如于丹老师所说："生命来来往往，来日并不方长。一念既起，就拼尽心力当下完成吧。"

而我们总以为有大把时间在握，便迟迟又迟迟。其实我们拥有的只是现在，至于未来，谁又说得好呢？

不要等，这一刻即动身，去做最重要的事，去见等你的人。

愿所有的爱，都还来得及；愿所有的等待，都不被辜负。

你不要藏起来，我找不到你了

01

上个月同事在上海的亲戚回老家探亲，同事请假开车陪他回去。

从老家回来后，同事和我们提起亲戚的一个细节，说觉得特别好笑。

他的亲戚回到村里，先去了老房子，他们已经离家近三十年，但老房子还在。打开大门，院里长了一地野草，到处蛛网密布，满目荒凉。

两人进到屋里，那些家具上落满了厚厚的灰。亲戚用手机拍了几张照片，然后用手摩挲着那些家具，眼里全是泪。

过了很久，亲戚才回过神儿来，不好意思地说："我小时候就在这座房子里出生，到十几岁就去上海求学，后来就留在了那里。父母去世得早，老家最让我惦记的就是这老房子了，这里有我的七魂六魄。可是没有妈妈的房子，已经不能称为'家'了。"

同事嘻嘻哈哈地说着这些，似乎无法理解。

是呀，同事每周只要想回，就能自驾个把钟头回老家，且父母还在，那样的心情他不懂。

但是我懂。

02

这两年我也是常想着回老家，哪怕在街道上开车走一走也好。有时看着那些还没有被新农村改造的旧房子，我不由得心生疑惑——我真的曾在这里玩耍过吗？那么矮、那么破，真的是我童年时经常去的，小伙伴的家吗？

我家的老房子早就卖了，2017年春天我曾去看过，已经淹没在一水儿的青砖碧瓦中。每栋房子的外表几乎一模一样，找不到老房子的一点点痕迹了。

有从前的邻居出来看到我，惊喜又自豪地说："你看现在的房子多洋气，可不像你们小时候住得那么土。"我脸上带着笑容说："是呢。"心里却早已坍塌。

我做梦还经常梦到老房子，都盖成了新房，让我的梦往何处安放呢？

我家的老房子很大，院子里除了辟有菜地，还有两棵枣树，每年结的枣都压弯了枝头。妈妈用这些枣给我们做过很多美食：枣泥月饼、年糕、豆馅团子。这些一直是我的心头好。

喜欢在休班时种菜的父亲，请人专门在院子里打了一口手压井。爱干净的母亲总是坐在井边搓洗全家的脏衣服。我最喜欢在炎炎夏日里把西瓜泡在凉凉的水中，待到晚饭后，全家在院子里纳凉，吃一块冰爽的西瓜，真有种"此处就是天堂，我就是神仙"的感觉。

我从小娇气，对妈妈极其依恋，每天一放学，人还没进大门口就开始喊："妈妈，妈妈，妈，你在哪儿……"其实也没有什么事，但只要听到妈妈的回答，我就安心地该干啥干啥去了。如果妈妈听不到，我就会挨家挨户地找，直到牵着妈妈的手回家。

或许每个孩子都有过这样的童年、这样依恋母亲的岁月吧。

后来父亲工作调动，我们全家搬到了城里。

03

我好几年没有像小时候那样一进门就喊"妈妈"了。

吃过早饭，老公送女儿上学，爷儿俩下了楼，家里就剩下我自己。

我打开防盗门，装作刚刚从外面回来的样子，大声喊："妈妈，我回来啦，你今天做啥好吃的了？"

家里一片寂静，没有人回答。

我推开一间卧室的门喊："妈妈，你在哪儿？"还是没有人回答。

我一间一间卧室地找，带着哭腔喊："妈妈，你在哪儿呀，不要藏起来，我找不到你了！"

屋里依然寂寂无声。

我蹲在地上，双手捂着脸大声哭了起来。怎么会有人回答呢？永远也不会有人回答了。

妈妈离开我已经整整六年了。

那个爱撒谎的老头儿

01

老公出差多日，我家里外头一大堆事，竟然半个多月没有去看爸爸了。

下了班从单位出来，我买了点水果，又遇到一个熟人，聊了半天，一抬头天色都暗下来了，我赶紧开车走。

我到了爸爸家，他正坐在客厅里戴着老花镜看报纸。

我问："您怎么不看电视呢？天都黑了，看报纸眼睛多累呀！"

爸爸笑笑说："没有信号，我检查了，电视和机顶盒都没有问题，应该是有线故障，好几天了，打了几个电话都不对。"

我埋怨："怎么不告诉我呢？真是的，到了晚上您就一个人，没有电视看多无聊。"我边说边从包里拿出手机，准备报修。

正在这时，老公来电话说今天回来了。爸爸听到了，急急地说：

"快回家吧，他刚出差回来，你回去给他做点好吃的。我这儿没事，身体挺好，什么也不缺，你不用老往这儿跑，电视我明天问问邻居打哪个电话就行。"

看着他一脸讨好，我差点掉下泪来。

爸爸老了。

他曾经戎马半生，虽然不是什么英雄，但在我眼里是顶天立地、钢筋铁骨的，从未露出过软肋。

而此时我看到了他的软弱。他曾经熟悉的那个世界一天天变得陌生起来，他与这个世界的互动越来越少，在互联网时代里，他所具备的那些本领显得那么不合时宜，连有线电视的报修都成了一个难题。

他已经需要孩子们照顾了，却又怕给孩子添半点麻烦。其实，他的内心是渴望享受天伦之乐的，只是因为情怯，才假装出以往那种无所不能的姿态。

我低头拨114查询有线电视的电话。这个单位的前身是广电局，后来分离出来，名字很拗口，而且电话都是语音提示，转呀转的，难怪老爸在这些"高科技"面前茫然失措。

我打了好几个电话才辗转接通人工，客服人员很热情，说一小时后安排人过来维修，争取今晚看上电视。

我又叮嘱了半天地址和联系电话，才不放心地从爸爸家出来。

02

我走在路上，想着爸爸的话，心里又好笑又酸楚。

他老人家明明希望我帮他报修电视故障，却让我回家给老公做饭。他宁肯孤独，宁肯自己慢慢去破解那些难懂的"新技术"，也不愿给我的夫妻关系带来一丝打扰。

他明明渴望我多去看他，却每次都说自己身体有多好，我那么忙，不要经常跑。

可是上个周日姐姐去看他时，他坐在街边胡同的长椅上，痴痴张望着新城区的方向（我们姐弟三人都在新城区住）。姐姐下车走过去问："爸，您坐在这儿看啥呢？"爸爸乐呵呵地说："我自己腌了咸鸭蛋，咸淡刚刚好，昨天煮了一锅，放冰箱里了，就等着你们过来拿。"

晚饭时，我吃着姐姐带过来的咸鸭蛋，想着过往里的爸爸。

我出嫁的前一天晚上，妈妈给我整理东西，爸爸貌似漫不经心地递过来厚厚的一沓钱："你婆家条件不好，也没给你们买房。你们自己买套小面积的房吧，别租房了，钱不够告诉我，家里还有。"

我很意外，弟弟马上要结婚，家里刚刚给他买了房子，给我置办嫁妆也花了不少钱。爸爸只是个小公务员，家里哪儿来这么多钱？我不安地问："您发财了，怎么一下子这么有钱？"爸爸一拍胸脯："我和你妈攒了半辈子呢，这点钱还没有吗？"

后来我才知道，这些钱都是爸爸借的，他怕我自己买房辛苦，找了几位亲戚、朋友才借到。

唉。

想到这个，我叹了一口气，我嘴硬心软、爱撒谎的老爸呀！

03

吃完饭，我坐在沙发上看电视，某频道正在演几年前热播的一部电视剧——《大丈夫》。

是顾晓珺举行婚礼那段，父女俩发生冲突，顾晓珺哭着历数爸爸的种种"罪状"。

从小到大，爸爸对她一点都不关心、不疼爱，整天逼着让她像个男孩似的跑步运动，同学们都叫她假小子；假期里还不让她回家，让她住在学校里。更严重的是，她毕业后找不到工作，爸爸不闻不问，任由她自己去闯。

其实真相是顾晓珺在三岁时得了一场病，从死神手里活了过来，医生说她这辈子可能体质都不会好了。她爸爸一直逼着她锻炼，天天让她围着操场跑，她最终有了一个棒体格。假期里不让她回家，是因为爸爸出了车祸，一个夏天都躺在医院里。为了不影响孩子们学习，他让两个女儿都住在了学校。

她爸爸那段话最打动我："爸爸只是个厨子，心里着急却帮不了你。但你在你们公司坐到今天这个位子，全凭你个人的努力。你有本事、有能力，那是长在你身上别人抢不走的，是托多少关系、花多少钱都换不来的。哪个当爹的，盼的不是自己闺女长大成人的这一天？"

是呀，我的爸爸不也是如此吗？

我小的时候，他对我要求严厉到近乎苛刻，希望我好好读书，将来靠自己拼一个好前程。我长大后，他又对我慈眉善目，一副慈父的形象。

我知道菩萨低眉是爱，金刚怒目也是爱。这些爱都指着一个方向：一心为孩子好。

世事无常，父爱却有常。无论我长到多少岁，在爸爸眼里，我都是那个蹒跚学步的小女孩。

这个世上对我最好的男人，这个爱在我面前撒谎的男人，为了让我接受他的爱，一直把自己伪装成骗子的模样。

一程又一程

我正在上班，女儿的班主任老师打来电话："孩子估计是吃得不对劲，肚子疼，要不您过来带她去医院看看吧？"

我心急火燎地拿起包，和同事打了个招呼就飞奔下楼。女儿是我的心头肉，她的一点一滴都牵动着我的每根神经、每个细胞。

我来到女儿的学校，老师看我一脸焦急，安慰道："别着急，可能最近课程紧有点累，去医院看看，没事回家睡一觉就好了。"

来到医院，我拿不准女儿是不是单纯的肠胃问题，就带她来到内科。

只有一位四十多岁的女医生坐诊，一位三十多岁的男人正在那儿说病情，医生拿着他的一沓检查报告说："看着比上次指标差，你最近是不是又喝酒了？"

那个男人和医生很熟悉的样子，一脸颓废地说："是，这几年我治病花了不少钱，家底都被折腾光了，老婆、孩子都走了，我一个人心烦就喝酒。好在父母退休金挺高，经常给我贴补点，要不我真没法活了。"从他们断断续续的聊天中，我听明白了事情的原委。

那个男人得了肝硬化，又没了工作，老婆不愿跟着他受罪，和他离了婚，带着孩子离开了。他没有收入，靠父母的接济生活。

医生嘱咐了半天注意事项，那个男人走了。看着他的背影，医生感慨："唉，关键时刻，还是父母靠得住。"

毕竟不熟，我没有搭腔，却想起我的一位前同事。

02

记得我刚上班那年，我们部门有位男同事，和我一个属相，大我两轮。一天他女儿打来电话，是我接听的，她焦急万分地说："姐，请让我爸接电话，我妈妈突然病了。"

我赶紧把电话递给那位男同事，他接过去，嗯嗯了几声就挂了电话，然后向我们领导请假回家。后来听说是他爱人突发脑出血，女儿那天正好在家，发现得及时才捡回一条命，可还是留下了半身不遂的后遗症。

过了半个多月，我打电话给那位同事，问他妻子的病情，他说这两天准备出院回家，病情已经稳定了。

我们部门的几个人去医院探望，临出来时，那位同事送我们到病房外面。我说："听说阿姨当时很严重，看样子现在恢复得还不错。"

我那位同事沉吟了一下说："这种病只要当时没事，就不会有生命危险了，以后就靠药物活着，啥都干不了，自理都难，还不如得癌症呢。"

我吃了一惊，把到嘴边的那句"能活着就好"硬生生咽了回去。其实他真实的意思是，宁可妻子死，也不愿这样被拖累。

同事的那句话，我竟然一直记着，它一下子戳破了他们薄凉如纸的夫妻关系。

03

医生给女儿检查了下，说没什么事，就是吃坏肚子了，给女儿开了化验单，让去做化验。到了检验科抽完血，医生说等一个小时后拿结果，我和女儿，就坐在大厅的椅子上等。

一个男人背着一位老太太走过来，他轻轻地把老太太放在窗口前的椅子上坐下，一脸温柔地说："妈，咱们化验个血，您忍着点，别嫌疼。"老太太一脸安详："嗯，抽吧。"男人小心翼翼地帮老人挽起袖子，那神情仿佛在对待婴儿。

抽完血，男人拿棉签按着抽血的部位轻揉，还和老太太说笑话，逗得老太太呵呵直笑。

然后男人又背起老太太下楼，老太太趴在儿子的背上，好奇地四下看，脸上带着满足和安心的笑容。

我心里涌起一阵感动，为这个男人默默地点赞。

人这一生或许会多次与命运狭路相逢，但更多时候，都能鼓起勇气与命运搏斗一番。在疾病面前，面对苍茫的未来，不知道等在前面的命运会给出怎样的谜底，这个时候，你的勇气和坚强更多是来自亲人。

04

我一辈子都记得，母亲生病住院时那无助的目光。我其实也特别害怕，却装出一副云淡风轻的样子，告诉她没事，只是小毛病，治好了就回家。

我一直没有告诉妈妈真实的病情，只是尽力陪伴着她，希望这一世的母女时光长一些，再长一些。她本身已经惊恐到极点，如果知道真相只怕会加剧病情恶化。

我就亲眼见过和妈妈一起住院的一位阿姨，罹患癌症，儿子女儿都瞒着她，没承想她的儿媳妇因为婆婆花钱大嚷："得了这种病，还治什么呀，净花冤枉钱！"那位老太太本来精神头还不错，听了儿媳妇的话，马上就萎靡不振了，后来病重转院，走了。

前天有人在朋友圈发了一句话："谁对你真心，生病了才知道。"

是的，医院就像一双深沉的眼睛，它录制着生离死别，也映照着人与人之间的情义，在疾病面前，总能露出本真。

当繁花落尽，流年辗转，那些依然在黑暗中默默抱紧你的人，陪你哭、逗你笑的人，在你无助时握住你的手的人，才是你生命中最美的暖阳。

而我们正是因了这些温暖的情义，才有勇气在万水千山的红尘中，无畏无惧地走过一程又一程。

盼你飞，又怕你飞

01

女儿从我姐姐家回来后，很纳闷地问我："妈妈，我姐再有几天就去上大学了，可我大姨看着很不高兴呢，她难道不希望我姐读大学吗？"

我苦笑了一下："宝贝，你大姨当然希望你姐上大学，但她又舍不得，这种心情你还不懂。再有几年，等你上大学时，妈妈也会是这样——盼你飞，又怕你飞。"

晚上女儿一反常态地非缠着要跟我睡，虽然不用在睡前给她讲故事了，但她还是有无数个为什么，我们聊着聊着，她就睡着了。

看着女儿熟睡的小脸，我想起自己当初去求学时的一幕。

爸爸送我去长途车站坐车，妈妈送出好远，站在那里一直痴痴地看着我们。我坐在爸爸的自行车后座上，像一只出了笼子的小鸟，心情无比欢快，丝毫没有注意到背后妈妈那复杂的目光，有期待，有不舍，更有放心不下。

我从小到大没有离开过父母，也没做过家务，妈妈最担心的就是我照顾不了自己。其实孩子都是这样，在父母的视线内，永远长不大，一旦离开了父母，很多会瞬间长大。

但妈妈们才不会这么想，她们永远以为自己的宝贝无法应付大千世界里的繁杂，却又盼望孩子出去闯荡见世面，有一个美好的前途，只得依依不舍地放手。

大巴车来的时候，我蹦跳着上了车，回头和爸爸挥手告别，却看到他眼圈发红，没心没肺的我还在心里偷笑：真是的，我是去上学，又不是去吃苦。

如今我已为人母，才理解了那时父母的心情。面对孩子即将离开自己，大抵天下的父母都会有同样矛盾的心情。

02

记得几年前，同事的女儿考上了香港的一所大学。

同事原以为女儿会在内地读一所大学，可现在要去山高路远的香港，想去看一次难度都很大。

但再不舍也不能耽误孩子的前程，夫妻二人在孩子开学时陪孩子去学校报到，回来后，那位同事天天一副失魂落魄的样子。她说，自己每天晚上都要和女儿视频，然后才能睡安稳。

她每天晚上都去女儿的房间，把她的被子像从前那样铺好，然后第二天早上再去叠起来。这样她心里会舒服一点，觉得女儿好像还在身边一样。

同事女儿刚去香港时，最大的障碍就是语言。那边的很多老师直接用英语讲课，课下听的更主要的是粤语，她一个从小在北方长大的孩子，感觉特别费劲，老是急得哭。

同事天天安慰女儿，给她打气，鼓励她坚持下来。

最难熬的一个学期过去了，寒假时，同事的女儿已经完全适应了那里的语境，而且自己还学会了不少粤语。

如今她已经大学毕业，留在了广州，有一份非常好的工作，前程似锦。

我问她怎么不让孩子回家乡工作，这样就能够经常见到。同事说虽然孩子离自己远，但是只要她好，自己再想她都可以克制。大不了将来自己退休了，去女儿那里买套房子，陪在女儿身边，没有什么比女儿的前途更重要。

她的话让我想起一位部队首长的故事。

这位首长的老家就是我们这儿的，他少年从戎，做到了很高的职位，却常年因忙于公务很少能回家看望父母。他父亲病重，一直让家里人瞒着儿子，直到临终前才提出想见儿子一面。

家人把老人病危的事告诉了那位首长，他听说后，连夜动身赶回了家。

父亲看到了日思夜想的儿子，拉着他的手说："儿子，能见你最后一面我就知足了，好男儿志在四方，你去飞吧，不用管我，你是爸爸这辈子最大的骄傲！"

在场的人无不动容。

是呀，世间所有的爱都指向团聚，唯有父母的爱指向别离……

03

宝贝，我是世间最爱你的人，这个世界上没有任何人能像父母一样爱你如生命。

我吻过你的小脸，揩过你的小屁股，洗过你的尿布，扶你学走路，教你背唐诗，带你看世界，你的生命早已和我的生命连在一起，无法分割。

但无论多么爱你，我都不会为了自己的私心去阻止你飞翔。

每个人在尘世间都有自己的责任和意义，就算妈妈倾尽所有也不能代替你，该你自己走的路，必须你一个人去走。我只能在路的这端望着你的背影，给予你最深的祝福和祈祷。

宝贝，完整的人生是在你懂得努力时才开始的，此时的你才能不断见识越来越广阔的天空和大地。你只有发奋提升自己，才能够和那些有趣的灵魂对话，才能拥有丰盈的灵魂。

请允许我改动一段龙应台老师的话：孩子，我让你去飞翔，不是让你和别人比什么，而是因为我希望你将来拥有选择的权利，选择有意义、有时间的工作，而不是被迫谋生。当你的工作在自己觉得有意义的时候，你才能快乐，才能有勇气去攀登更高的山峰，去看更美的风景。

但人生路上难免会遇到风雨，妈妈会为你准备一个爱的港湾，让你随时可以停靠。当你遇到挫折与困难时，不必惊慌，我一直在家里等你回来，我会像你小时候那样，牵着你的手，带你走过风风雨雨，人生路上，我会努力多伴你一程，再一程。

宝贝，趁你还在我身边，还未曾长大，让我好好疼你、爱你吧。终有一天，你也会拥有蓬勃的力量，张开翅膀，去属于你的天空飞翔。

愿你眼中有光芒，活成你想要的模样。

幸福就是，一天又一天的重复

01

几天前姨夫过世，我请了几天假帮着料理。许是有些累，完事我又病了一天，循规蹈矩的日子一下子兵荒马乱起来。

忙乱中突然感觉每天麻木的日子变得那么楚楚动人，我无比盼望赶快回到一天又一天的波澜不惊中去。

那日接到姨夫往生的消息，我们开车赶了过去。表妹看到我，搂着我痛哭："姐姐，我再也没有爸爸了，以后再也看不到他了。"

我也悲从中来，此情此景，让我仿佛见到了六年前母亲刚离去时的自己。

记得妈妈刚离开那阵子，我一直不相信她不在这个世界上了，每天下了班依然去妈妈家，看看那个巷口有没有妈妈的身影。

那段时间我像个打了麻醉剂的病人，不肯清醒、不肯面对。直到几个月后，我才真正意识到，妈妈再也不会像以前那样天天站在巷口张望我的身影，等我下班回家吃饭了。

那些重复了多年的日子，已经在妈妈走的那一天戛然而止。

彼时我才发现，幸福莫过于早上挥挥手说再见的人，晚上又高高兴兴回来了，一天又一天一年又一年。

02

前年国庆节我们同学聚会，一个生意做得不错的男生得意扬扬地和大家吹嘘他的艳遇，家里红旗不倒，外面彩旗飘飘。

然后他还说了一通理由，什么日子太平淡乏味呀，和妻子简直就是左手摸右手，一点激情都没有了呀，婚外恋让他重新焕发了青春，人生苦短，要及时行乐。

大家都当他是喝醉了，哈哈一笑了之。

后来才知道，我那位同学根本不是说醉话，他是真的出轨了。

老婆在自家公司管财务，也不是善茬儿，知道真相后迅速转移了资产，切断了他的开销。两口子白天在公司吵，晚上回家吵，闹得鸡飞狗跳。孩子赌气离家出走，差点出事故。公司的业务也一落千丈，经营出现了赤字。

妻子请了有名的律师起诉离婚，因为男人是过错方，能分到的财产只是一堆不能变现的机器和账目上的负资产。

小三看捞不到什么好处，退出了这场纷争，不辞而别。我同学被闹得心力交瘁，去求妻子原谅，人家根本不给他说话的机会就把他给赶了出来。

同学独自跑去喝闷酒，竟然喝得胃穿孔住院，我们去看他时，他一脸悔意，不停地说："我真蠢，好好的日子折腾成这样，追求什么刺激，一天又一天的重复才是最大的幸福呀。"

看着他，我一下子想起《我的前半生》里，陈俊生在经历了出轨、离婚、再婚后，才发现从前那些貌似寻常的日子最可贵，他悔恨交加，痛哭流涕地说："我想回到从前，从前的从前。"

可兜兜转转，物是人非，再也回不去了。

03

青春年少的时候，我也讨厌单调重复的日子，总是梦想着鲜衣怒马闯天涯，离开家，离开父母，世界那么大，我要去走走。

高考后我去外面求学，觉得自己像一只出了笼子的小鸟，外面的世界好精彩，连走路都一裙摆的快乐，每次总是到放假或者没钱了才想家。

毕业后，上班、结婚、生子，我就开始了循环往复的生活。天天洗衣做饭、催孩子学习、与老公唠叨、去妈妈家吃饭，年复一年，日复一日。

每年的八月十五这天，我们全家基本在爸妈那儿过中秋节。从未婚到结婚，我似乎已经习惯了，这个月圆之夜，全家理所当然就得在一起。

记得 2010 年的中秋之夜，妈妈做了一桌子鸡鸭鱼肉，我皱皱眉说："妈，每年都弄这些油腻的菜，你不嫌絮烦吗？明年做点清淡的，多几个素菜好吧？"妈妈赶紧点头："嗯，明年做一桌子素菜，你想吃肉都不给。"

怎知，那是我今生陪妈妈度过的最后一个中秋，再也没有什么"明年"了。妈妈在 2011 年年初就走出了我的世界，今生今世，再也不会和我度过中秋之夜了。

是呀，很多人在重复的日子中感觉到的只是乏味和苍白，婚姻也如是，慢慢走向平淡，甚至生出几分厌倦。很多人直到失去，才知道那样的日子是多么珍贵。

04

有一个故事。一位才华横溢的诗人，家境富裕，妻子温柔美丽，儿子聪明伶俐，但他日日生活在其中，感受不到一点快乐。他请求上帝给他幸福，上帝先夺去了他的财产，再带走他的妻儿，又拿走了他的才华，诗人痛不欲生。过了一个月，上帝重新把这些还给了他，诗人搂着妻儿，深深致谢，感谢上帝赐予他幸福。

是的，这只是个故事，但我们又何尝不是故事中的诗人？现实中却没有一个万能的上帝，能把失去的一切还回来。

其实幸福根本不是惊天动地、轰轰烈烈，而是那些细微的、让我们置身其中、感受不到其存在甚至感到无聊的东西，真的等到失去它时，才发现那一切是多么多么美好。

幸福不是拿到了世界上最好的东西，而是珍惜了生命中的所有。

终有一天你会发现，你寻找的幸福根本不是什么浓烈的罗曼蒂克，而是一个个平淡如水的日子，是一个来了再也没走的人。

你饿了，他为你煮上一碗面；你哭了，他给你一个拥抱；你来"大姨妈"了，他给你端来一杯热热的红糖水。你听他第八十次说起童年的故事，每年的同一天他和你庆祝生日，他陪你走过每一段路，伴你度过每一个日日夜夜，重复今生的每一天。

皓月当空，清风徐来，年年岁岁花相似，岁岁年年人团圆。

有一种福气叫作"被麻烦"

01

上个月，生病两个月的姨父过世。

我开车赶过去，表妹抱住我大哭："姐姐，你说我爸爸这也太快了，刚查出病来两个月，人就走了，哪怕他能再活俩月，让我多伺候伺候他也行呀。我长这么大，净让他照顾我了，他都没给我添过麻烦，我这心里好不安生呀！"

总是在某一个时刻，我们才会突然意识到那些被挚爱需要的时光，才是一生中最珍贵的时光。

8月底的时候，同事张姐送刚考上大学的女儿去学校，回来后好多天都无精打采的。

她说，以前孩子在家读高中时，因为校车来得早，她每天都要早早起床给女儿做早餐；晚上孩子功课紧张，要学习到深夜，她要等孩子睡了自己才睡。

孩子高三那年，学习到了最紧张的时候，基本没有休息日。每个周末，张姐还是和平常一样，早早起，很晚睡。

那时她一心盼着孩子早点考上大学，就可以放松一下了。可如今女儿真上大学走了，她又感觉自己的世界都空了，每天没着没落的，天一黑就早早上床，却根本睡不着，周末都不知干点啥。

她说其实孩子在身边需要照顾的时候，给孩子做这做那，当时觉得确实有点累，可现在想想，那些孩子在身边的时光，才是最幸福的日子。

02

我认识一对夫妻，十多年前做餐饮生意，那时他们家老二才一周岁，大的刚刚上小学。

餐饮这一行最是需要时间和精力，夫妻俩刚刚起步，资金有限，能省一点是一点，就自己既当老板又当员工。奶奶在农村，来住过一段时间帮忙管孩子，可时间长了家里根本离不开，就带着老二回了老家。老大干脆送到寄宿学校，一个月接回家一次那种，除了掏钱，他们什么都不用管。

这下两口子没有后顾之忧了，放开手脚做生意。这些年眼见他们家的酒店开了一家又一家，已然是餐饮集团了，夫妻俩终于可以松口气了。大儿子也考上了大学，还计划出国留学深造，二儿子正读初中，成绩还不错。在外人眼里，这家人真是哪儿哪儿都好，事业成功，孩子成才，家庭和顺。

而事实上夫妻俩经常发愁。他们发现，自己的两个儿子这些年虽然没有让他们太操心，但和他们的关系就像外人般生疏，没有父子母子之间那种亲昵。尤其是大儿子，对他们的态度简直就像对上级，礼貌而客气。你怪他吗？又说不出他哪里不对来。

小儿子的身高也赶上父亲了，有时父亲想抱抱他，他会不好意思地将父亲推开，脸上挂着笑，却分明一副拒人千里的神情。他从小不在父母身边，独立性特别强，衣服、床单都是自己洗，有时妈妈想帮他们洗衣服，也会被婉拒。

夫妻俩真是遗憾在心说不出。他们明白，这些年自己缺席了孩子的成长，真的很难弥补，孩子从小到大是没有给他们添过多少麻烦，但那些快乐的亲子时光，他们也难享受到了。

真的是这样，你错过了多少麻烦，就错过了多少快乐。孩子由小长大的时间，真的只是一眨眼，错过了这个阶段，用再多的钱都买不回来。

趁着孩子还在你的怀抱里，趁着他还让你拥抱、让你亲吻，多爱他一点，再多一点，以后回忆起来也都是满满的幸福感。

03

几年前电视上有一个节目，叫什么名字我记不清了，只记得当时主持人问嘉宾："您能告诉我们，您最快乐的时光是什么时候吗？"

嘉宾毫不犹豫地回答："孩子在我怀抱里的时候，和我照顾生病的母亲的日子。"

主持人一脸疑惑："孩子在怀抱里的时光最快乐，这个我懂，我想，每一位妈妈都懂。可是，照顾您生病的母亲的日子，为什么是您最快乐的时光呢？"

嘉宾含着泪说："是的，妈妈从被查出病到住院中间不到一年就去世了，她断断续续住了三四个月的院，那段时间，我天天在她身边，最担心的是明天或许再也见不到她了。我特别珍惜和她在一起的时光，除去那场病，她一辈子没有给我们添过麻烦。每次我请假陪妈妈，她都一脸不安，问会不会影响我工作，我会不会被扣奖金。

"如今她已经不在这个世间了，每当我想起陪伴妈妈的那些日子，我心头都是痛并幸福的感觉，那段时光我特别充实。一直以来都是妈妈照顾我，我终于有机会照顾她一次，只是时间太短了！"

是的，子欲孝而亲尚待是人生的大福气，回家进门能够喊一声爸爸或者妈妈，无论多大，你都会觉得自己还是个孩子。

04

去年夏季的一天，我去父亲那里，他老人家一脸慈爱的笑，给我拿水果递冷饮。说话间，我总觉得父亲的脸和平时不太一样，仔细看，原来是他老人家少了一颗牙齿。我问："您什么时候拔的牙，是不是自己去的？"

父亲一脸赧然："你们那么忙，拔个牙又不是多大的事，我自己去就行了。"我的脑海里，浮现出他在大太阳下奔波去很远的市医院自己就医的画面，不禁一阵心酸。

父亲总是坚持把自己的日常处理得妥妥当当，不愿给孩子们添一点麻烦，能自己解决的就自己解决。每次我去看他，他说的都是同一句话："没事别老往我这儿跑，你看我身体这么棒，不用惦记！"

其实哪儿能不惦记呢，母亲因病早早离开我们，尽管父亲乐观豁达，但老来无伴的孤寂才是他真实的日常。

还好当过二十年兵的父亲作息规律，注意保养，身体还算不错。

但我知道，他也会慢慢老去，有一天会需要我的照顾，会给我添很多麻烦，我愿意牵着他的手，陪他一步一步走向岁月的更深处。

这样的时光，一辈子不嫌长。

一场难以体面的退出

01

小时候，姥姥经常来我们家小住。一是因为姥爷去世得早，妈妈怕姥姥孤独寂寞；二是我父亲在外地工作，妈妈有很多事要做，姥姥也帮着照看下我们几个孩子。

我的童年，家里虽不富有，但也算得上殷实，所以家里吃的饭菜，会时常有鱼有肉。我那时可真馋，只吃素菜就像咽药那么难，有荤菜就能吃很多饭。

记得那时，妈妈总是摆好饭菜让姥姥和我们吃，她出去忙活一会儿，喂狗、喂猫，等她回来时，我就差不多吃饱了，好吃的东西也所剩无几了。

于是每到有荤菜时，姥姥总是手疾眼快地拿碗拨出一些，给妈妈留起来，还告诉我们吃饭不能只顾自己，妈妈是家里最累的人，要让她多吃点好的。

可是每次等妈妈回来，她马上把菜倒回盘子里，还埋怨姥姥："您别整天给我单独留菜，我吃了孩子们就少吃了，他们正是长身体的时候，我年轻力壮的吃这么好干吗？您和孩子们吃好就行了，甭管我。"

姥姥也会反驳："孩子们贪吃，不给你留着点，你就只能吃菜汤了。"

妈妈会毫不在乎地说："馒头蘸菜汤挺好的。"

而下次做了好吃的，姥姥照样给妈妈留菜，妈妈还是埋怨，这样的场景重复了无数次，直到我长大。

姥姥在我们家很少有闲着的时候，恨不得把所有的家务都包了。

我当时很不理解，问姥姥："妈妈都这么大年纪了，您怎么还这么疼她？"姥姥总是先嗔怪后谐趣地白我一眼说"你妈妈年纪再大，在我眼里也是个孩子。"

姥姥晚年的时候，回舅舅们身边居住。每次我去看她，她老人家除了问我的各种生活状况，都会说一句："你妈妈也上年纪了，你们有空就自己带带孩子，她腰椎不好，估计你们都不知道吧？"

我还真不知道，妈妈一直把我捧在掌心里，我生了女儿简直就是给她生的，哪怕我在场，她也冲在前面给女儿做这做那。

02

有一年中秋节，我在妈妈家过，爸爸和我老公小酌，我就抱着女儿在一边吃菜。女儿的小手一会儿指这个菜一会儿指那个菜，我就用筷子夹给她。

妈妈看我顾不上自己，就让女儿去她那儿。女儿那天不听话，谁都不找，只让我抱。

妈妈就坐在我旁边，一直给女儿做工作："妮妮乖，上姥姥这儿来，让你妈妈吃点饭，她还饿着呢。"

女儿无动于衷，妈妈就不停地说，闹得爸爸听不下去了，唠叨妈妈："你操那么多心干吗呀，孩子都多大了，她还吃不饱饭吗？人家也是怕女儿饿着，你别管了，真是瞎操心！"

可是妈妈直到临终前，也没有停止为我"瞎操心"。

妈妈此生对我说的最后一句话是："二子，你一定要生个二胎，我要是能好我帮你带，等你老了，一个孩子怕照顾不过来你。"

我哭得说不出话来，她自己都到了生命的最后一刻，却还在想着我遥远的老年生活。什么叫春蚕到死丝方尽，蜡炬成灰泪始干？我从来不觉得那是描写爱情的诗句，它更像是描写母爱的，至死方休。

女儿上中学后，似乎一夜之间成了大姑娘，她在自己的QQ签名上写道："我已亭亭，无惧亦无忧。"还和我说，以后没事少去她的房间，她自己的东西自己整理。我暗暗偷笑，你个小屁孩，自己能干啥呀？

女儿有个布娃娃，每晚她都要抱着它睡。一次我从她的卧室门口过，就听她在和布娃娃说话："宝宝，白天我去上学，你要在家乖乖地等我回来，不要哭哦。"

那天女儿去上学，我走进她的房间给她叠被子，那个布娃娃掉了出来，我拿起来，看着它可爱的笑脸，似乎看到了未来外孙女的样子。

我想起那年，女儿坐在妈妈身上，妈妈抱着她，认真地对她说：

"妮妮，你记住，长大了要疼妈妈，她为了让你生活得好，天天拼命工作，她太累了……"

我的泪瞬间涌满眼眶。这个世界再也没有那样一个人，无论何时何地都牵挂着我，怕我苦、怕我累、怕我疼，怕我吃不饱、穿不暖、睡不好。

03

我记得看过作家叶倾城的一篇文章，写她一位朋友的外婆得了老年痴呆症，只认得一个人——朋友的母亲，记得那是自己的女儿，毛毛。

有一年国庆节，来了远客，朋友的母亲下厨烹制家宴，招待客人。外婆夹菜放在自己的口袋里，宾主都装作没看见。

上完最后一个菜，一直忙得脚不沾地的朋友的母亲从厨房里出来。这时外婆一下子弹了起来，一把抓住女儿的手，用力拽她。外婆一路把女儿拉到门口，笑嘻嘻地把刚才藏在口袋里面的菜捧了出来，往女儿手里塞："毛毛，我特意给你留的，你吃呀，你吃呀。"

女儿双手捧着那一堆各种各样、混成一团、被挤压得不成形的菜，好久才愣愣地抬起头，看着母亲的笑脸哭了。

疾病切断了外婆与世界的所有联系，生命中的一切关联、一切亲爱的人，几乎遗忘殆尽，而唯一不能割断的，是母女的情缘。

有人说，真正的母爱是一场体面的退出。可是又有多少母亲能够做到？

　　在你面前，她永远无法从容，无法淡定，只要她一息尚存，就会冲在前面去做为孩子挡风的墙，尽最大可能地不让这个世间的凄风冷雨吹到孩子身上。

　　无论她有多老，无论她的孩子有多能干，在她眼里也永远是那个需要保护的孩童。她永远不会悭吝于表达"我爱你"这种血浓情愫，哪怕你强大到可以指挥千军万马，她也难放心让你独闯天涯。别人只关心你飞得有多高，她却只关心你飞得有多累。

　　无论你觉得她有多么不得体，她都难以体面地退出"我爱你"这场人生大戏。爱有多深，方寸就有多乱。

　　而她，永远无怨无悔。

读书不苦，不读书的人生才苦

01

元旦放假第二天，我从外面回来，看到女儿在客厅玩游戏。

我有点生气："你又在玩，老师没留作业吗，你怎么一眼书都不看？"女儿不耐烦地说："妈妈，我每天做卷子做到吐，读书太苦了，放假就玩会儿呗。"

我问她："你还记得乡下那个舅姥爷吗？"女儿点头："记得，不就是你经常帮助的那个舅姥爷吗？"

是的。

去年冬天我去给姥姥扫墓，正准备上车返回，看到一个人从对面走过来，四目相对，我们同时认出了彼此。按辈分，我应该叫他舅舅，但他比我大不了多少，我小时候住姥姥家时经常和他一起玩，更喜欢喊他的乳名——明子。

明子热情地和我打招呼，指着不远处的一栋房子说："那就是我家，都到门口了，一定进去坐坐。"盛情难却，我和老公跟着明子进了他家。

房子是新盖的，可屋里除了几张床，几乎看不到一件像样的家具。

我问："这么好的房子怎么不买家具呢？"

明子不好意思地挠头："盖房子就借了不少钱，我媳妇身体还不好，常年吃药，孩子又多，我一边种地一边打工，挣了钱赶紧还账，家里半年没买肉了，孩子们都馋得跟猫似的。"

回家路上，我对老公说："明子家的日子太难了，有机会咱帮他申请点救济金吧。"

02

春节前我去一家相关机构问救济金的事，明子的条件够了，只是需要村、镇、市三级盖章的介绍信。

我帮明子写好信，从手机上发了过去，让他找地方打印出来去盖章。

过了好几天，明子沮丧地打来电话说："算了吧，一级级地盖章，怕不行吧？"

我不甘心，知道他只是自卑和自馁。好在我还认识几个人，就辗转和他们镇里的工作人员通了电话，对方很客气，表示只要是实情一定帮忙解决。

在离春节放假还有两天的时候，明子终于拿着那封盖好了章的介绍信给我送来。我带着他到相关机构领钱，出来时，明子满脸感激地说："孩子们可以好好过个年了，多买点肉吃。"

他拿出两百元钱说是给我女儿的压岁钱，我赶紧推回去："快回吧，晚了坐不上班车了。"

寒风中，看着明子的背影，我的泪湿了双眼。大家天天嚷着膳食营养、吃素食、少吃荤的时候，对明子一家，吃肉依然是在改善伙食。

03

前几天，我与好友谢小姐说起一些难以想象的贫穷。

她说："你没有经历过那种日子自然很难理解。"秋天时，她奶奶老家的一位亲戚挑着两筐葡萄来卖，赤脚从家里走到城里。她非常震惊，竟然还有人因为穷舍不得买鞋穿。

谢小姐说，像她亲戚这样的人很多，日子都过得很苦。他们大多早早辍学，想早点出来挣钱，可是几乎一辈子在底层挣扎。

我陷入沉思。

好多人在痛斥高考的时候，我觉得高考其实还是很公平的。如果没有高考，不鼓励努力读书，贫困的农家孩子又凭什么完成命运逆袭？

上周有位记者采访我，他对我很欣赏，我对他却很敬仰。他是复旦大学的高才生，生于贫瘠的20世纪70年代的农村，从小爱读书，说自己人生中第一本称之为书的书，是在废品堆里发现的，从此他爱上了读书。

他侃侃而谈人文历史、经济时事，因为他还做过旅游版的编辑，对世界各地的风土人情简直就是如数家珍。

读书改变了他的命运。

其实我身边这样的人很多。

北京这边有我的两位同乡，一位做律师，一位是一家跨国公司的高层。他们都是靠读书走到了自己想去的地方，过上了别人欣羡的生活。

04

有人说："怕吃苦，吃一辈子苦；不怕吃苦，吃半辈子苦。"这句话说的就是读书这事。

孩子，现在能用汗水解决的事，不要留着以后用泪水解决，况且泪水也解决不了任何问题。

当你获得了足够多的知识之后，你就会发现，这个世界上有太多美好的东西。

唯累过，方知闲；唯苦过，方知甜。

人生就是一只储蓄罐，你投入的每一分努力，都会在未来的某一天打包还给你。别人所拥有的，你只要愿意付出，一样可以拥有。

如果你觉得读书苦而选择了放弃，当你没读什么书就走入社会，你会发现自己就像一个赤手空拳的士兵，在面对命运这位强敌时，你会因没有护身铠甲而被打得遍体鳞伤，毫无还手之力。那时你就会懂得，读书不苦，不读书的人生才苦。

别怕吃苦，那是你通向世界的路。总有一天，那些苦会变成你遨游天际的翅膀。

幸而数载寒窗苦，自此阡陌多暖春。

只有被书香深深氤氲过的人，才能轻舟走过万重山，去赏遍万千春色。

不要让退而求其次折断你飞翔的翅膀

01

因为我之前写过一些关于教育的文章，一些中学甚至大学的老师都在课堂上和学生们做过分享，不少孩子就按图索骥找了来，关注了我的微信公众号。

有一个叫鹏鹏的小朋友，是一名初三的学生，他偶尔会在我的后台留言，大多是说怎么和同学相处，父母不关心他之类的，从没说过学习。

上周他又给我留言："苏老师，我父母要离婚，每天吵得天翻地覆，我好想离开这个家。我已经完全无心学习，上学期期末考试，我在班里考了倒数第五名，我没让我的父母参加家长会，他们还不知道。

我每天上学就是混日子，过一天算一天，反正我觉得上学不上学也没多大区别。我有一个表哥，也没上过什么学，十五岁就去外地打工了，做销售，现在过得也挺好，开着小车到处跑。您认为呢？"

我给他回复："孩子，原生家庭你无法改变，那你就改变自己的成长态度吧。自古英雄出少年，你的大好青春年华，万万不可选择混。以我的经验，如果你想得过且过，你必然会发现生活所给你的选择项会越来越少，困顿将成为你挥之不去的主题词。"

02

我以前的老邻居是一位做班主任的英语老师，他们班师资力量非常不错，可每次考试在全年级排名都很靠后。校长大会批、小会说，她百般委屈，说已经尽到最大努力了，付出的一点也不比别的老师少。

她调查了一下，他们班上那几个拖后腿非常严重的学生，都是父母离异跟着爷爷奶奶或者姥姥姥爷生活的。隔辈疼，加上孩子又缺乏父爱、母爱，老人们根本舍不得管，也不知道怎么管。

毕竟是孩子，很难做到自律，一些孩子就放纵自己，每天只是人去学校了，心不知道放在哪儿了，纯粹上了个假学。

她说对班上这几个孩子，最好的方法就是多关爱，让他们感觉到没有被这个世界抛弃，拾起自信，做好自己。

也希望我的鼓励能对鹏鹏有一点帮助。

03

一名叫纯子的高三女生对我说："苏老师，我马上要高考了，每天都好累。我父母是普通工人，一辈子省吃俭用，他们希望我考所"211""985"之类的好大学，以后找一个好工作，让自己的生活质量高一些。可我觉得上一所普通大学，找个普通工作，做个快乐的普通人就行了，没必要把自己逼死吧？您觉得呢？"

我没有正面回复她，而是给她讲了我的故事。

其实我当初也是这么想的，除了那个遥不可及的作家梦，我最大的梦想就是做一个在路边鼓掌的人。

我松松散散地上学，漫不经心地上班，碌碌无为却觉得平凡可贵，以为这样无欲无求地过一生也很惬意。可是当我与命运迎面相逢时，根本无力还击，只好一路退让。然而委曲求全的态度，不仅没有让我岁月静好，却让事业的路越走越窄。

没有哭过长夜，不足以谈人生。

当我又一次被逼到生活的死胡同，面对着茫茫夜空低声饮泣时，我终于明白，糊弄过去的终有一天要自己偿还。哭有什么用？泪水最多只能博取同情，汗水才能赢得掌声。

于是我打起百分之一百二的精气神，让自己踮起脚，向上、向上，努力向上……

终于，我不曾辜负岁月，岁月也不再辜负我，我一直心心念念的东西，在某个清晨悄然降临。

04

澳大利亚演讲家尼克·胡哲说："如果你正打算放弃梦想，多撑一天、一个星期、一个月，再多撑一年，你会发现拒绝退场的结果令人惊讶。"

　　这位世界级的励志大师，一出生就没有四肢，他却把自己的人生经营得如诗如画。他现身说法地告诉人们：努力的人生，不设上限。

　　孩子，你那么年轻，有大把的青春在握，只要愿意保持向上的姿态，你的人生会有无数种可能。不要让得过且过折断你逐梦的翅膀。只有经历过攀爬的人生才能够越来越淡定从容，你才会有更多选择的机会，否则都是被动地生活。

　　而生命之美，就是不轻言放弃。失去与命运抗争的生命，该是多么苍白呀！哪怕是一个小目标，都能让你浑身充满力量。

　　如果总是退而求其次，你就会一直沉下去、沉下去，沉落到最底层，再难看到美丽的风景。

　　之前中央电视台的《中国诗词大会》，有一位选手在退场时对自己的孩子说过一句话："孩子，你越早努力，就会越早幸运，越早成为凌云木。"

　　是的，努力是一件具有飞翔姿态的事，它能带你穿越崇山峻岭，升上去、升上去，然后自由自在地翱翔在蓝天白云间。

一生的福气

01

昨天同事的妻子来我们单位玩，她在一所小学当班主任，我们俩闲聊，说到现在的孩子们不好管。

他们班上有一个男学生，外号"小霸王"，谁都不敢惹，家长娇惯得要命，一开学就和她打了招呼："儿子是我的心肝宝贝，你们把他放到教室最后一排就行，他愿玩就玩，考倒数第一名也没事，但你们不能说他，更不能骂他，否则，我和你们没完！"

"真是奇葩。"她一脸无奈地说。

我苦笑："孩子摊上这么个妈，真是倒霉。她以为是疼他，其实是害了他，别看这会儿嚣张跋扈，等慢慢长大，生活一定会狠狠地教训他。"

同事的妻子说："是呀，在该学习的年纪选择纵容，那是对孩子的未来最大的不负责。"

02

我有个亲戚在法院做法官，一次她去提审一个抢劫犯罪嫌疑人，看他卷宗上已经是第三次进去了，可年龄才不过二十几岁。

亲戚问他话时，他一脸不在乎，嬉皮笑脸，让人看着又生气又叹息。

看守所的人员了解他的底细，说这人是父母的掌上明珠，小时候太娇惯，在学校欺负同学、骂老师更是常事，他妈妈不但不管，反而宠着他。初三那年，他和一群小混混玩到一起，就辍学了。

他每天和父母要钱去游戏厅玩游戏，还学会了抽烟、喝酒、赌钱。

后来钱不够用，几个人就结伙去偷，被抓住后劳教了半年。出来后，他依旧游手好闲，父母本来是舍不得管，这回是管不了了，就由着他作，作来作去，又进去了。第三次变本加厉，他不再偷，而是抢了，结果，被抓住后一下子判了几年刑。

看守所的人说："这孩子纯粹被他妈给惯坏了，他爸想管，他妈还不让管，后来干脆就听之任之，一来二去就成了这样子。"

亲戚不禁感叹："二十几岁就二进宫、三进宫，此刻他的妈妈不知是何感受。"

03

我乡有句俗语："一代好母亲，三代好家庭。"

我第一次知道这句话时，是在姥姥家听一位老师说的。

小时候，我经常住在姥姥家。

　　和姥姥住对门的一位老太太（其实也就五十岁左右，但当时在我眼里就很老了），我叫她大姥姥，他们家有四个孩子。最小的儿子和女儿在上学，其余两个儿子，一个读大学，一个已经师范毕业。

　　正值上世纪 80 年代后期，兴起下海经商热，好多人家都让孩子辍学去外面打工或者做生意，急急忙忙地投入这大潮中。

　　那年大姥姥家的小儿子高考落榜，想去经商，大姥姥极力反对，让他去参军。她说挣钱不着急，要在学习的年龄尽量多学点东西，部队是最好的学校。

　　后来我这位小舅舅考上了军校，留在了部队。

　　我姥姥那位当老师的邻居说我大姥姥有远见，一代好母亲，三代好家庭，他们家会因为这一位好女人惠及几代人。

　　那时我还小，并不理解这话的含义。长大后，看着大姥姥家那几位舅舅和小姨不是军官就是老师或者医生，他们家成了全村羡慕的对象。

　　如今几位舅舅和小姨家的孩子读研的读研，读博的读博，都出类拔萃，真应了那位老师的话。

04

　　正如"昔孟母，择邻处，子不学，断机杼"。

　　孟轲很小的时候父亲就去世了，孟母把家搬到了他父亲的墓地附近。经常有人哭哭叫叫，孟轲也学着那些人哭，孟母就把家搬到集市边上。小贩们为了赚钱，拼命招揽生意，孟轲也学小贩们一样大喊。

孟母又一次搬家，这次，她搬到了学堂附近，孟轲看到别人读书，就向孟母提出要上学。

一次孟轲逃学回家，孟母生气地说："还没放学，你怎么就回来了？"孟轲不敢作声。孟母生气地把织布机上的梭子拆断了，说："梭子断了，就不能织布了，学习也一样，日积月累，积少成多，才能获得成功。"

从此孟轲努力读书，终成一代鸿儒——孟子，彪炳青史。

孟母择邻而居、岳母大义刺字、陶母截发留宾、欧母画荻教子，正是有了这些三观正的母亲，才培育出了那些耳熟能详、名贯古今的大德良才。

莎士比亚说："摇动摇篮的手，是推动世界的手。"

是呀，有一位三观正的妈妈，才是孩子一生的福气。

妈妈的好品质，往往决定着一个家庭的气质与内涵，是孩子健康成长的最大养分。

妈妈三观正，孩子耳濡目染，也定会明德而知事，有容能任事，器宇轩昂地行走在这大千世界中。

寒门真的难出贵子吗?

几年前的 7 月,一位在农村的亲戚打来电话,告诉我说他家儿子这次高考,在学校理科排名第三。

听得出他在尽量抑制自己的情绪,但那腔兴奋是遮掩不住的。

我也有些惊讶地哇了一声,非常替他高兴。

亲戚是来咨询怎样给儿子填报志愿的,毕竟自己连初中都没毕业,这方面两眼一抹黑。

我也不敢轻易表态,这是大事,万一报得不好,以后会受埋怨的。我问:"够清华北大的分吗?"亲戚说:"差几分,但上所好大学没有问题,只是我的条件你也知道,最好费用低一点的。"

我想了想:"要不你看看有没有合适的军事院校,这种学校应该费用很低,而且以后不用到处找工作,毕业后留在部队发展多好。"

亲戚很赞同，欣欣然挂了电话。

后来亲戚的孩子报了一所特别好的军校，毕业后去了一个空军基地，做了技术人员，前途朗朗，自己对未来也信心百倍。

前段时间亲戚来看我，说起儿子，满心自豪。说自己夫妻俩都没有什么文化，家里老人常年生病，两口子就靠种田和起早贪黑做个小生意养家，基本没有管过孩子的学习，好在孩子自己争气，上学、就业他们都没有操心，也没有花钱，现在工作了，收入也不错，这眼看好日子就来了。

亲戚说这话时有些激动，眼里闪着泪光。

是呀，确实值得骄傲，寒门出贵子，是多么不容易的一件事。

寒门意味着资源稀缺，不仅仅是物质上，就是连时间也宝贵得要命。并不是高端人群的时间才宝贵，那些在生存线上挣扎的人，时间同样宝贵。虽然一寸光阴换不来一寸金，但只有勤劳，才能保障一家的生活正常运转。

我这位亲戚，母亲早逝，父亲半身不遂，两个孩子都在读书，只靠种地，最多能吃上饭。这些年两口子起早贪黑做小生意，走街串巷收购粮食，然后卖给加工厂，一分一厘地赚点差价。

02

前两年网上有一个近十年高考状元父母职业的统计表，其中教师占的比例最大，35.09%，其次就是公务员，农民占10.16%。

农民家庭比例低，其实也正常。首先资源等先天条件就不对等。

老师或者公务员家的孩子，家长们工作时间相对轻松，辅导孩子也有条件，哪怕自己辅导不了，还可以让孩子上重点班、名校，参加各种校外辅导班或者兴趣班。

而农村孩子又有几个请家教的？这些年农村条件好多了，可孩子们也最多上个辅导班什么的。

当然，我说的这些都是客观理由。寒门难出贵子，但并非不出贵子。

我老公就出身寒门，我公公婆婆也没有什么教育理念，恨不得孩子们放下书本能帮他们干点活儿，可兄弟三人一心要逃离脸朝黄土背朝天的宿命，通过努力学习，为自己开辟一条通道。世界那么大，一定去看看。

在大学含金量还比较高时，他们就全都考上了大学，改变了自身命运的走向。至今他们哥几个仍是老家的榜样，成为很多乡邻教育孩子的典范。

我身边有很多出身寒门的优秀人才，都是一步一个脚印，凭着自己的努力过上好日子的。

而我还认识很多工作特别好的人，孩子教育得却很失败。

我有一个同学，大学毕业进了行政单位，这么多年，我没有看到他本人有任何成绩，只看到他的游戏装备不断升级。从那种最古董的游戏机，玩到现在的《王者荣耀》，而且他还带上儿子一块儿玩。

每次和他聊天不到三句话，他就会扯到游戏上，滔滔不绝。他的妻子工作也很轻松，爱好是打麻将，号称"麻坛女一号"，每天下了班就急急忙忙去赶场，饭都顾不上做，别说管孩子了。

他们的儿子今年中考，还没考之前就说去读个职业学校什么的，反正考高中没有希望。

我同学当年也是人中翘楚，学习成绩非常棒，照样输在了教育下一代上。

03

有人说现在是个拼爹的时代，有个好爸爸，就能赢在起跑线上了。

不可否认，父母可以为孩子提供不一样的学习资源和学习环境，但自身努力更加重要。而从古至今，有成就的人无一不是通过自己努力得来一切。

那日看书，看到唐张鷟《朝野佥载》中有一段记载：

伯乐令其子执《马经》画样以求马，经年无有似者。归以告父，乃更令求之，出见大虾蟆，谓父曰："得一马，略与相同，而不能具。"伯乐曰："何也？"对曰："其隆颅跌目脊郁缩，但蹄不如累趋尔。"伯乐曰："此马好跳踯，不堪也。"

大致意思就是，伯乐让他儿子拿着《马经》去找好马，却经年找不到，后来找到了一只"略与相同"的蛤蟆。

真是贻笑大方。

你看，身份显贵的伯乐也并没有培育出多么优秀的儿子，这说明豪门出来的，也并不都是贵子。

其实无论出身什么门，努力才是不二法门。

真正的远方，一定是一个人走出来的。就像长跑的路上可以有人为你加油、为你鼓掌，但脚下的路，仍然需要你自己走完。

只有一步一步走下去，才能穿过荒凉和贫瘠，走出一条郁郁葱葱的坦途。

你在孩子身上偷的懒，都会变成最深的遗憾

01

月初，我去给女儿开家长会。

班主任老师是个热心肠的人，语重心长地对家长们说："近两个月的暑假，希望各位家长尽量多抽点时间陪陪孩子，哪怕是陪他说说话，他的心也会和你靠近一步。孩子的想法，你们都知道吗？他们有心里话和你说吗？你们总是羡慕人家的孩子考了多少多少分，可你知道人家的爸妈付出了多少吗？请各位放下手机，关掉电脑、电视，拿一本书，哪怕是装样子，也给孩子创造一个好的学习环境。孩子就是孩子，他们的自律性很差，你只顾着挣钱，只顾着自己轻松，他怎么能好好学习呢？你今天在孩子身上偷的懒，以后想弥补都没有机会。"

真是如此。

我曾经在网上看见过一组数据，2007—2016 年全国高考状元父母职业统计中，排在首位的是老师。

虽然我没有看他们背后的那些故事，但我也能猜到，那些家庭肯定是有一个好的学习氛围。单说老师这职业，和孩子们拥有同样的假期，这就是优势，他们不用请假，就可以在假期里和孩子在一起，陪他学习。

当然这只是客观理由，并不是所有成绩好的孩子，父母都是老师。

02

去年大学毕业季的时候，朋友 G 让我和老公陪她去北大参加她儿子的毕业典礼，她丈夫公务繁忙走不开。

那是我平生第一次去北大的校园，特别兴奋。像刘姥姥进大观园一般，我东走西看，不停地忙着拍照。走着走着，接近东门，我激动地大声喊老公："快来看，逸夫楼耶！"

这是我一直心驰神往的地方，可无论我对其多么爱恋，多么深情，此生也只能以此种方式向其致敬了。

我羡慕地看着每一个路过的学生，他们年轻而富有朝气的脸上，洋溢着明媚的笑容。我和朋友聊起她的儿子，我问她儿子当年高考的成绩。她说 689，好像是他们学校的理科状元。

我哇了一声，赶紧问："快说说，你用了什么秘籍教孩子，竟然这么优秀？"

她笑："我哪儿教得了，就是每天陪着他，让他知道不是自己一个人在努力。从小学到现在，一直是他在书房里学习，我就在旁边看书。他的成绩也是忽高忽低，每次我都和他一起找原因，然后和班主任以及任课老师沟通，不让他的任何一门成绩落下。他爸爸工作忙，但只要有时间，也都会陪孩子。每天晚上他下班回到家，无论多晚，都拿一份书报看，儿子不睡，他绝对不会睡。如果说有秘籍，这算吗？"

事实上 G 平时也很忙，她在单位是个小领导，每天也有很多工作需要处理，只是再忙她都把孩子的教育放在首位。

总是听人说，自己多忙多忙，没有时间陪孩子。可是那些比你忙无数倍的人，却把陪伴孩子成长作为人生最重要的事情。

03

美国前总统奥巴马的大女儿玛利亚考上了哈佛大学，这个有着全世界最忙父母之一的孩子，却享受着最优质的陪伴。

奥巴马曾经说过，自己最骄傲的一件事就是，在长达二十一个月的总统选战中，他从来没有缺席过一次女儿的家长会。从议员到总统，无论身处什么样的位置，有多忙碌，他都会抽出时间尽量陪在玛利亚身边。他经常自己带着两个孩子到书店，还挤出睡前阅读的时间，陪着玛利亚读完七本《哈利·波特》。

"我不会做一辈子的总统，但我一辈子都要做一位好父亲。"这些年无论多么忙，奥巴马都争取时间陪在女儿身旁，伴她去实现自己的梦想。

孩子需要陪伴的时间真的很短，等他长大了，他会有自己的工作、生活，你再想和他多说几句话都很难。

04

我认识一位老板，这些年生意越做越大，资产早已数亿，夫妻俩一个是公司的总经理，一个负责财务，将公司打理得非常好。

可两口子每天都忙，无暇照顾孩子，就把大儿子放到寄宿学校，平时只知道给钱，很少关心孩子的成长。

那孩子初中没毕业就不想读书了，经常逃学回家，说要出去闯闯，看看外面的世界。夫妻俩没办法，花钱把他送到了外地更贵的私立学校，说孩子在学校玩都行，只要不辍学。

二儿子跟着他们，小的时候，孩子一不听话他们就给他一个游戏机，孩子马上不哭不闹了，乖乖地自己玩游戏。如今那孩子已经十三岁，每天就像上了瘾一般，一天不玩游戏，饭都吃不下。

夫妻俩说起这俩孩子就一筹莫展，不知该如何是好。

李嘉诚先生说过："一个人事业上有再大的成功，也弥补不了教育子女失败的缺憾。"

是呀，你今天在孩子身上偷的懒，都会变成最深的遗憾，让你悔恨不已，却无力挽回。

其实孩子的世界很单纯，他需要的，只是这一程的陪伴和鼓励。那些来自父母的爱，是他跌倒时重新站起来的勇气，带着这些爱上路，孩子的脚步会充满力量。

所谓教育，就像是陪一个人经历一场向困难挑战的旅程，这个时候，家长和孩子的关系就是战友，为了同一个目标，肩并肩地一起努力。

在孩子成长的路上，陪伴是最好的教育。

好孩子都是管的，熊孩子都是惯的

01

周末，我和女儿去家附近的书屋看书。

这个书屋属于公益性质，平时在那里维持秩序的都是一些志愿者。

书屋门口有一个箱子，里面盛放着鞋套，鞋套的数量是根据书屋的最大容量放置的。周一到周五，去的人比较少，到了周末，很多家长会带着孩子去看书。

这次我们去得较晚，门口的箱子里就剩下了两双鞋套。我很惊喜，小声和女儿说："我们运气真好，再晚一会儿就要等了。"

我们正要进去，后面来了一对母子，儿子有十岁左右，妈妈打扮得珠光宝气。

孩子看到箱子里没有鞋套了，就问："妈，没有鞋套了怎么办？"那个女人大声说："没有就没有，这儿又不是皇宫，进！"

旁边一位志愿者微笑着说："女士，没有鞋套不能进，您可以稍等一会儿，应该很快就有人出来的。"

那个女人白了志愿者小姑娘一眼，拉着儿子进去了。

那天的志愿者是两名看着像大学生模样的女孩，估计也是第一次遇到这种情况，两人站在那里一脸呆愣。

我和女儿在书架上各自拿了一本自己喜欢的书，坐下来看。书屋里没有椅子，供大家坐的是一些海绵坐垫，看书的人就坐在垫子上。

那个男孩上蹿下跳，翻翻这儿翻翻那儿，好像也没有找到一本"喜欢"的书，他妈妈也帮着翻，边翻边抱怨："怎么都是些大人看的书，不知道放点孩子的书，真是的！"

本来特别安静的书屋，被这娘儿俩弄得一下子骚动起来，大家都抬起头看着他们母子。

志愿者小姑娘又过来提醒："这里不能大声说话，请您小点声，不要影响到别人。"

那个女人哼了一声没说话，抽出两本书和孩子坐下来看。

过了一会儿，我忽然闻着屋里有一股尿臊味，抬头看，那个小男孩一脸坏笑，附在他妈妈耳边说："妈妈，让她管咱们，我把她家垫子尿湿了。"他妈妈一脸得意的笑容。

周围看书的人都一脸愤然，有人说："这种熊孩子，大人怎么也不管！"大家你一言我一语，纷纷附和。

那个女人看犯了众怒，就拉着孩子说："儿子，咱们回家。"

母子俩正要抬腿走，被一位三十岁左右的男子叫住，他铿锵有力地说道："您稍等，我是这家书屋的负责人，来这里的都是爱看书的人，我非常欢迎。可我希望您和您的孩子是最后一次来，因为这里不欢迎你们！"

女人嘴上还硬，语气却分明软了下来："几本破书，都没孩子看的，你请我来我也不会再来的。"说完她就拉着孩子快步走了。

回家的路上，女儿问我："妈妈，那个小男孩那么淘气，他妈妈怎么也不管管呢？"

我说："她只知道惯，不知道管，你看今天那个小男孩就被书屋拒绝再来了，如果这位妈妈继续纵容孩子，世界对那个小男孩关起来的门会越来越多。"

女儿似懂非懂地点点头。

02

我有一位远房表姐，三十八岁时才生下儿子，中年得子，简直把孩子宠上了天。

一次我去参加亲戚的婚礼，表姐带着她八岁的儿子也去了。吃饭时，我们在一张桌子上。

那个孩子完全不顾及别人，不停地转桌，大家眼里都有不满，却没人好意思说。

不一会儿，表姐的儿子喝完一盒酸奶，啪的一声把空盒扔到一个菜盘里，菜汁溅到了好几个人身上。一个看着比他大一点的男孩子一脸怒容，握着小拳头要打他。表姐赶紧说："小弟弟比你小，你得让着他，不能欺负他呀。"小男孩狠狠瞪了表姐的儿子一眼，埋头吃饭。

表姐的儿子吃得快，差不多吃饱了，便站到椅子上，朝着桌子上的菜吐唾沫。这下大家都没法吃了，放下筷子看着他们母子。

表姐一脸尴尬笑，把儿子抱下来说："男孩小时候就是皮，大了就好了。"

旁边有人说："你怎么也不管你儿子呢？他也不小了，这可不是淘气，简直就是作恶了！"

再坐下去也没啥意思，大家纷纷起身回家。本来挺喜庆的一个场合，被一个熊孩子搅得不欢而散。

表姐是打车来的，问："谁顺路呀，捎我们娘儿俩一段吧？"一个搭茬儿的人都没有。

刚才那个握紧小拳头的小男孩和他妈妈正往外走，小男孩回过头对着表姐的儿子说："你太没教养了，记住，明年我哥哥结婚你千万不要来，我讨厌你！"

这话听着真解气，小男孩说出了大家的心声。

或许现在是每家孩子都少的缘故吧，很多大人觉得自己小时候吃了很多苦，如今条件好了，自己的孩子要好好宝贝，不能让他吃一点点苦。于是乎由疼爱到溺爱，娇惯放纵，就产生了很多熊孩子。

03

之前我在朋友圈就看到一条信息：一对中国父母带孩子去美国旅游，因为熊孩子恶作剧，引发他父亲和一位年轻人在飞机上大打出手。

这种行为实在太危险了，甚至会导致机毁人亡。

结果熊孩子一家三口刚下飞机，就被等在那里的机场执法人员带走了。最终处理结果是：海关以故意伤害他人为由拒绝他们一家入境，次日凌晨安排飞机遣送他们回国。

熊孩子一家三口本来去旅游，都到了人家的国门，却被拒绝了。

有网友说，这种父母教出来的孩子，终有一天要品尝世界专门回馈给他的冰冷滋味。

可不是，你看，熊孩子还没有长大，就已经尝到了各种被拒绝的苦头。社会不是你妈，没有人会惯着你。

复旦大学的一位教授在一次演讲时说："孩子毕竟不是成年人，必须管教，必须惩戒。一味以爱的名义让步，是对他最大的不负责。今天孩子打不得、骂不得，甚至一个不好的眼神都不行，明天他没准就能去杀人。"

是的，管孩子要趁早。

勿以善小而不为，勿以恶小而为之。

你今天纵容孩子的小恶，日积月累，慢慢就会凝聚成明天的大恶，再想管也来不及了。

好孩子都是管出来的，熊孩子都是惯出来的。

你的娇惯不是爱他，而是害他。

你舍不得嚷他一句、打他一下、瞪他一眼，没关系，世界早晚会替你一巴掌一巴掌地打回去。

那时候，老师是可以"打"孩子的

01

周五下班，我步行回家，路过一所学校时，门口围了好多人，场面很混乱。我也没多想，以为只是家长们在接孩子。

我走近了，却听到有人在叫骂。

正好身边有一位家长，领着一个八九岁的孩子驻足观看。

我问她这是怎么回事。

她说，上午课间时，一个小男孩欺负一个小女孩，抓着她的头发打，班主任老师赶紧过去将人拉开，使劲拽了小男孩一把，小男孩摔了一个屁股蹲儿，中午回家和大人说老师打他。这不放学时家长拦住老师不让走，非要个说法。

我叹了口气："现在的老师真不好当，学生说不得、碰不得。"

我同事的妻子就是小学老师，去年冬天的语文课上，一个学生捣乱，被她狠狠批评了几句，转天家长就找来了，警告她："孩子成绩不好不关她的事, 但是孩子受了委屈就和她没完! "吓得她赶紧把那孩子安排到最后一排单独坐, 爱怎么玩就怎么玩, 不影响别人就行。

你想, 这样的孩子将来能有出息吗?

去年, 有篇很火的文章——《教育最悲哀的事: 家长舍不得管, 老师不敢管》。是呀, 现在的老师不是不想管孩子, 很多时候是不敢, 因为管孩子惹麻烦的例子还少吗?

可我们小时候上学时, 父母对老师说得最多的一句话就是: "不听话, 你就打! "

02

我小学三年级那年, 开学第一天, 我们学校以严厉出名的一位刘姓男老师推门进来。

刹那间, 闹翻天的教室安静下来。真是怕什么来什么, 我忐忑了一个暑假, 就怕开学后新班主任会是他, 结果真中了墨菲定律。

刘老师慷慨激昂地说了一通开场白, 反正就是鼓励大家好好学习之类的话, 然后话锋一转, 说: "养不教, 父之过; 学不成, 师之惰。我这人脾气不太好, 没有什么耐心, 遇到不好好学习的学生, 你看我怎么管你。如果你觉得跟着我受不了, 就赶紧找校长调班! "

大家都不敢说话, 面面相觑, 眼里都写着"绝望"两个字。

上了一个多星期的课, 刘老师竟然没有发过一次脾气, 同学们提着的心慢慢放回了肚里, 哪儿有传说中那么邪乎, 不过夸大其词罢了。

想不到老师第一次发脾气却是因为我。

　　那天自习课，我在作业本上抄写，刘老师从我身边经过，看到我拿尺子比着写字，噌一下夺过我的尺子，呵斥道："谁教你这样写字的？你这样一辈子也写不好字，知道吗？别再让我看见，看见一次我没收一次！"

　　我吓得眼泪在眼眶里打转，没敢哭，低头继续写。我写字一直就是比着尺子写的，不然就上天入地的，写得一点都不整齐。

　　刘老师在旁边看着，突然啪的一声脆响，他拿教鞭敲在桌角上："你看你把身子都歪房顶上去了，坐正了写，坏毛病真多！"

　　从那以后，我再也不敢比着尺子、歪着身子写字了，居然也慢慢能写得很整齐了。

　　期中考试，我考了全班第七名。下了课，老师拉着脸让我去一趟他的办公室，看他的脸色就知道没好事，我垂头丧气地跟在他后面。

　　那是间综合办公室，里面还有好几位老师在，他才不管这些，当着他们的面勃然大怒，质问我怎么考这么差，我上学期的成绩是全班第二名。

　　我不敢说话，就一直低着头挨训。

　　刘老师嚷了一顿，让我走了，说期末看成绩。

　　第一学期期末，我在班里考了第二名，这次刘老师没骂我，也没表扬我，他更多的精力，用在了和我的作文死磕上。

　　三年级时刚开始学写作文，同学们都不知道怎么写。我还好，虽然识字不多，但已经看了不少课外书，当然大部分是小人书，想不到这对我的语言组织和表达能力竟然有神奇的帮助。

刘老师每次看完我写的东西，都掩饰不住眼里的惊喜，并在班里将其当范文读。他还告诉我多读课外书，说我有写作天赋。

我听从刘老师的意见，无数个日子，从晨光熹微到月朗星稀，贪婪地看着一本本课外书。

刘老师的话是我写作路上得到的第一桶金，伴我走过万水千山，寻找最初的梦想。

读完三年级，我以全年级第一名的成绩升入四年级，从此和刘老师没了交集。

03

几年后弟弟上五年级时，班主任还是他，妈妈高兴万分，带着弟弟找到刘老师说："男孩子都淘气，您对他一定要严格，不听话就狠狠地打！"

刘老师摸着弟弟的头，一直重复着："你姐姐是我教过的最聪明的学生……"

这句话，是妈妈很多年后才告诉我的，彼时已近而立之年的我，竟听得泪流满面。

人与道理，总是相逢甚早，相知甚晚。

刘老师的那些良苦用心，我此刻方能深深体会，他一次次的扭正，给我打下了坚实的成长基础，让我受益终身。

很多家长总是说，要快乐教育，释放孩子的天性。可是孩子毕竟心智不成熟，少年时期是他们精力最充沛却又最缺乏智慧的阶段，也是最难以自律的阶段。

我想，我们都应该坚信这五个字：严师出高徒。这个"我们"，应该包括那些胡乱护犊子而去找老师麻烦的人。

遇上一位要求严格的老师，是一种莫大的福气，他能让你学到更多、更扎实的知识。如果一味放纵，最终孩子难免会半途而废，一事无成。

一位老师说过，学习从来不是什么轻松的事，凡是青春年少时玩出色彩来的，他的中年和老年大多黯然无光。

是呀，生活就是这么势利。当你手无寸铁，它会将你打得一败涂地、溃不成军，那种无能为力的感觉，会如海水般把你淹没，让你悔不当初，没有把年少的时光用来刻苦学习，没有遇见逼着自己努力的严厉老师，错过了学习改变命运的机会，最终只能向命运俯首称臣。

而当你配好武器，穿起铠甲，它又会与你把酒言欢，带你去看世间美景。

愿每一位学子在求学的路上，遇见的每一位老师都心怀戒尺、眼中有光，他们是你生命中的贵人，也是你翅膀下的风，一路助你在波澜壮阔的天地之间翱翔。

聪明的父母，都和老师肩并肩

01

2017 年夏天，侄女参加完高考，全家商量给她报什么专业。我说，女孩子当老师挺不错的，要不报师范类院校吧。

当了大半辈子老师的大哥摆摆手说，算了，昨天一个学生的家长刚才去学校骂过老师。因为听写错误，老师罚学生一个错字写十遍，老师在群里又批评了孩子，说他写作业不认真，家长也有一定责任。

这不，家长就怒了，跑到学校对老师骂骂咧咧，说教不好孩子是老师的责任，关家长什么事？还有，罚孩子写那么多遍错字，这样的老师简直就是在折磨孩子，用这种方法能把孩子教好才怪！

唉！

真的是，现在孩子教育上的最大问题是：家长舍不得管，老师不敢管，外人不方便管。

我不知道，那些不愿让老师管孩子的家长是怎么想的。

就像去年一位当老师的朋友和我说的那样，他们班上一个孩子特别调皮，一上课就耍耍前面的，逗逗后面的，朋友气得让他到前面罚站了一节课。这下可惹了大麻烦。

第二天，那个孩子的爷爷、奶奶、爸爸、妈妈、姥姥、姥爷、姑姑、舅舅全来了，非要学校给个说法。学校迫于压力，又是赔礼道歉，又是通报批评，折腾得人仰马翻。

后来那个学生调了班，没人愿意和他坐，就让他自己坐一排，老师们再也不敢管他了。

这种方式真是为孩子好吗？未来会给出答案。

02

2017 年放寒假时，我去给女儿开家长会，他们的班主任说："接下来这段时间，孩子就拜托各位了。一个寒假，如果放开了让孩子玩，我保证假期回来，他们的成绩一定会退步；如果家长们盯住了孩子，让他们按学习计划走，成绩起码保持平稳。希望家长们辛苦些，孩子就是孩子，他们的自制力还没有那么强，咱们一起努力，把孩子们培育好。"

老师这一番话，说得我泪眼蒙眬。

有些家长总认为，孩子交到学校，交给老师，就是老师的责任，其实无论多么好的老师，都替代不了父母的位置，教育好孩子不只是老师的事，更是父母这辈子最重要的事业。老师是传道授业解惑者，家长却是孩子一生的影响者。孩子的好习惯、好品质、好兴趣、好心态，都来自家长的培养。

我同事盈盈的儿子，从小学一年级到四年级，我基本见证了他这几年的成长历程。

盈盈的儿子刚上一年级时，有爱说话、爱做各种小动作的毛病，学习没有耐心，老师讲课听不进去。当然，很多刚刚进入一年级的小朋友或多或少有这些小毛病，老师每天都在家长群里说，哪个孩子怎么怎么样，有哪些需要改进的地方，希望家长们配合。在孩子上学之初，培养一个良好的行为习惯，会让他受益终身。

对老师的这些话，有的家长无动于衷，有的家长也会注意一下，盈盈对老师的这些话，从来都是放在心上的，她每天都和老师沟通孩子的情况，老师也会给她一些建议。

慢慢地，盈盈的儿子刚入学时的那些小毛病就没有了，越来越用心听课。

在二年级时，他被选为学习委员。这几年，盈盈的儿子一直很优秀，各方面做得都很好，这些成绩，与老师和家长的配合密不可分。

真的，老师和家长态度一致，会让孩子成长得更好，我就是受益者之一。

03

记得在我五年级那年，第一学期的期中考试，我在班上考了第十名。这个成绩让我的班主任老师很恼火，要知道，我当时是她老人家的得意弟子，本来以为前三名稳稳的，结果考砸了。

但老师知道我自尊心强，还是鼓励，然后找到我妈，分析我成绩不理想的原因，最后她们一致认为是我不用心背诵课文，对老师布置的作业不认真做，应付了事，家长又不管，就放任自流了。

她俩达成一个协定，每天晚上我写作业，妈妈在旁边看着，然后检查我的背诵情况。

我小时候住在平房里，那时家家户户没有一黑天就把大门锁上的，都是等睡前才锁。在这种便利条件下，据说我那位离我家500米左右的班主任，很多次晚上去我们家，隔着窗户玻璃看我有没有写作业，妈妈有没有在旁边盯着。

有一次老师在课堂上检查背诵情况，我是全班唯一没有一点错误就背诵下来的，老师得意地说："你们知道苏心为什么背得这么好吗？人家的妈妈每天盯着她，我去看过好几次，娘儿俩在那儿背课文。"

我这才知道了真相，原来老师经常暗访我。

你猜怎么着？那个期末，我的成绩就到了全班第一名，正是有了这个好基础，后来我以全校第二名的成绩升入了初中。

是的，老师与家长作为孩子成长路上最重要的人，有着相同的责任与使命——让孩子成才。

父母的重视程度、支持力度，决定了孩子进步的速度，所以，家长和老师的配合很重要。

在孩子求学的道路上，聪明的家长会和老师肩并肩站在一起，家长和老师在一起，不是一加一等于二，而是一横一竖合在一起，给孩子十倍的力量，帮他成长。

终有一天，孩子会离开我们的视线，走向外面的大千世界。

那些家长和老师，伴孩子走过的失败与迷茫，养成的好品质、好习惯，帮他获得的智慧和力量，都会成为孩子腰间的佩剑，伴他一路天涯，让他历尽千帆，永如少年！